Das Haus Nucingen

Honoré de Balzac

Impressum

Autor: Honoré de Balzac

Umschlagkonzept: toepferschumann, Berlin

Verlag: tradition GmbH, Hamburg

ISBN: 978-3-8424-0331-4

Printed in Germany

Tucholsky Wagner Zola Scott Sydow Schlegel
Turgenev Fonatne Freud
Wallace Walther von der Vogelweide Fouqué Friedrich II. von Preußen
Twain Weber Freiligrath Frey
Fechner Weiße Rose von Fallersleben Kant Ernst Frommel
Fichte Richthofen
Engels Fielding Hölderlin
Fehrs Faber Flaubert Eichendorff Tacitus Dumas
Maximilian I. von Habsburg Fock Eliasberg Ebner Eschenbach
Feuerbach Ewald Eliot Zweig Vergil
Goethe Elisabeth von Österreich London
Mendelssohn Balzac Shakespeare Ganghofer
Lichtenberg Rathenau Dostojewski
Trackl Stevenson Doyle Gjellerup
Mommsen Thoma Tolstoi Lenz Hambruch
Dach Verne von Arnim Hägele Hauff Humboldt
Reuter Rousseau Hagen Hauptmann Gautier
Karrillon Garschin Defoe Baudelaire
Damaschke Descartes Hebbel
Wolfram von Eschenbach Dickens Schopenhauer Hegel Kussmaul Herder
Darwin Melville Grimm Jerome Rilke George
Bronner Campe Horváth Aristoteles Bebel Proust
Bismarck Vigny Barlach Voltaire Federer Herodot
Gengenbach Heine
Storm Casanova Tersteegen Grillparzer Georgy
Chamberlain Lessing Langbein Gilm
Brentano Lafontaine Gryphius
Strachwitz Claudius Schiller Kralik Iffland Sokrates
Katharina II. von Rußland Bellamy Schilling
Gerstäcker Raabe Gibbon Tschechow
Löns Hesse Hoffmann Gogol Wilde Gleim Vulpius
Luther Heym Hofmannsthal Klee Hölty Morgenstern
Roth Heyse Klopstock Homer Kleist Goedicke
Luxemburg Puschkin Mörike
Machiavelli La Roche Horaz Musil
Navarra Aurel Musset Kierkegaard Kraft Kraus
Nestroy Marie de France Lamprecht Kind Kirchhoff Hugo Moltke
Laotse Ipsen Liebknecht
Nietzsche Nansen Gorki Ringelnatz
von Ossietzky Marx Lassalle Klett Leibniz
May vom Stein Lawrence Irving
Petalozzi Knigge
Platon Pückler Michelangelo Kafka
Sachs Poe Liebermann Kock
de Sade Praetorius Mistral Zetkin Korolenko

Der Verlag tradition aus Hamburg veröffentlicht in der Reihe **TREDITION CLASSICS** Werke aus mehr als zwei Jahrtausenden. Diese waren zu einem Großteil vergriffen oder nur noch antiquarisch erhältlich.

Symbolfigur für **TREDITION CLASSICS** ist Johannes Gutenberg (1400 — 1468), der Erfinder des Buchdrucks mit Metalllettern und der Druckerpresse.

Mit der Buchreihe **TREDITION CLASSICS** verfolgt tradition das Ziel, tausende Klassiker der Weltliteratur verschiedener Sprachen wieder als gedruckte Bücher aufzulegen – und das weltweit!

Die Buchreihe dient zur Bewahrung der Literatur und Förderung der Kultur. Sie trägt so dazu bei, dass viele tausend Werke nicht in Vergessenheit geraten.

Text der Originalausgabe

Honoré de Balzac

Das Haus Nucingen

Ihr wißt, wie dünn die Scheidewände sind, die in den vornehmen
Pariser Speiselokalen die kleinen Einzelräume voneinander trennen.
Bei Véry zum Beispiel befindet sich mitten im großen Saal eine
Scheidewand, die je nach Bedarf entfernt und wieder eingesetzt
werden kann. Nicht hier war der Schauplatz dessen, was ich berichten will, sondern an einem andern schönen Ort, den ich jedoch nicht
nennen mag. Wir waren zu zweit, und ich sage daher mit Henry
Monniers Prudhomme: ›Ich möchte sie nicht kompromittieren.‹ In
so einem behaglichen kleinen Salon saßen wir und ließen uns die
prächtigen Leckereien eines vorzüglichen Mahles schmecken, wobei
wir uns, da wir uns über die geringe Stärke der Wände vergewissert
hatten, nur mit leiser Stimme unterhielten. Schon waren wir beim
Braten angelangt, und noch immer war das Nachbarzimmer leer,
nur das Knistern des Kaminfeuers drang zu uns herüber. Als es
aber acht Uhr schlug, wurde es drüben laut; man hörte sprechen
und Füße scharren; die Kellner schienen Kerzen herbeigebracht zu
haben, und es war klar: der Salon nebenan war besetzt worden. Als
ich die Stimmen vernahm, erkannte ich, mit welchen Leuten wir es
zu tun hatten. Es waren vier der kecksten Kormorane, die sich je auf
den ewig wechselnden Fluten der Gegenwart geschaukelt, liebens-
würdige junge Leute, deren Lebensweg recht ungewiß, deren Vermögen und Besitztum man nicht kennt, und die sich dennoch nichts
abgehen lassen. Diese geistigen Kondottieri des heutigen Kampfes
ums Dasein, der grausamer ist als alle andern Kriege, überlassen die
Sorgen ihren Gläubigern, behalten für sich das Vergnügen und
kümmern sich um nichts als ihre Kleidung. Übrigens sind sie tapfer
genug, wie Jean Bart auf einem Pulverfaß ihre Zigarre zu rauchen –
vielleicht allerdings nur, um nicht aus der Rolle zu fallen. Sie sind
spöttischer als die boshafteste kleine Tageszeitung: Spötter, die sich

selbst verspotten! Ungläubig und scharfsinnig, verstehen sie sich darauf, stets etwas Gewinnbringendes aufzuspüren, sind begehrlich und verschwenderisch, neidisch auf andere, aber mit sich zufrieden; augenscheinlich große Politiker, die alles zergliedern, alles erraten, ist es ihnen doch noch nicht gelungen, sich einen Weg in jene Welt zu bahnen, in der sie zu glänzen beabsichtigen. Ein einziger von den vieren hat sich emporgeschwungen, aber nur bis an den Fuß der Leiter. Bei solchem Hinaufkommen ist Geld das wenigste, und so ein Streber weiß erst nach sechs Monaten der Kriecherei und Speichelleckerei, was alles ihm zum Weiterkommen fehlt. Jener eine Emporkömmling, namens Andoche Finot, brachte es fertig, vor denen, die ihm nützlich sein konnten, auf dem Bauch zu liegen und zu denen, die er nicht mehr nötig hatte, unverschämt zu sein. Ähnlich den Groteskgestalten im Ballett von Gustave ist er Marquis von hinten und Schurke von vorn. Dieser Geschäftsprälat hat einen Schleppenträger: Emile Blondet, Zeitungsredakteur, ein Mann von Geist, doch flatterhaft, begabt und faul, kurz, ein Blender. Er läßt sich gehen und läßt sich ausnutzen, ist bald nichtswürdig, bald redlich – aus Laune; ein Mann, den man gern hat, aber nicht achten kann. Zierlich und anschmiegend wie eine Tänzerin, ist Emile unfähig, seine Feder oder sein Herz dem zu verweigern, der eins von beiden erbäte; er ist der bezauberndste jener Weibmänner, von denen ein geistvoller und phantastischer Kopf gesagt hat: ›Ich liebe sie mehr in Seidenschuhen als in Stiefeln.‹ Der dritte, Couture, lebt von der Spekulation. Er pfropft Geschäft auf Geschäft, der Erfolg des einen deckt den Mißerfolg des andern; er lebt von heute auf morgen, vom Spiel oder irgendeinem geschäftlichen Gewaltstreich; er schwimmt hierhin und dorthin, um im endlosen Meer der Pariser Geschäftswelt eine Insel zu finden, umstritten genug, um es wagen zu können, von ihr Besitz zu ergreifen. Augenscheinlich hat er seinen rechten Platz noch nicht gefunden. Was den letzten, den boshaftesten der vier, anlangt, so genügt sein Name: Bixiou! Ach, es ist nicht mehr der Bixiou von 1825, sondern jener von 1836, der menschenfeindliche Spaßmacher voll Begeisterung und Bosheit; ein Teufel, voll Wut, sich unwürdig verschwendet zu haben, voll Wut, aus der letzten Revolution ohne Beute hervorgegangen zu sein; ein wahrer ›Pierrot des Funambules‹, der seine Zeit und ihre Skandalgeschichten wie kein zweiter kennt und sie mit spaßigen Einfällen ausschmückt; ein Clown, der den andern auf die Schultern springt, um ihnen ein Henkerszeichen zu hinterlassen.

Der erste Hunger schien gestillt, und unsere Nachbarn gelangten in ihrer Mahlzeit gleich uns zum Dessert; dank unsers ruhigen Verhaltens glaubten sie sich allein. Bei Champagner, Zigarren und gastronomischen Genüssen entspann sich alsbald eine vertrauliche Unterhaltung. Dieses Gespräch, das kalt und geistvoll jede Gefühlsregung unterdrückte und dem Gelächter einen schrillen Ton herber Ironie beimengte, gefiel sich in Anklagen gegen alle, deren Leben dem Eigennutz gedient. Jenes Pamphlet, das Diderot nicht zu veröffentlichen wagte, ›Rameaus Neffe‹, einzig dieses Buch, das nur geschrieben wurde, um Wunden zu entblößen, kann zum Vergleich mit dieser rücksichtslosen Rede herangezogen werden, die ich erlauschte. Es war eine Rede, bei der das Wort nicht einmal das verschonte, was der Gedanke noch in Zweifel zog; sie baute auf Trümmern Beweise auf, verneinte alles und bewunderte nur das, was der Skeptizismus anerkennt: des Goldes Allwissenheit und Allmacht. Nachdem die üble Nachrede zunächst den weiteren Bekanntenkreis angegriffen, begann sie die nahen Freunde aufs Korn zu nehmen. Eine Handbewegung von mir genügte zum Zeichen, daß ich noch zu bleiben verlangte, denn Bixiou ergriff das Wort. Wir hörten nun eine jener boshaften Improvisationen, die diesem Künstler seinen Ruf als überlegenen Geist verschafften. Trotzdem der Vortrag oft unterbrochen, fallen gelassen und wieder aufgenommen wurde, hat mein Gedächtnis ihn festgehalten. Ich gebe hier in Inhalt und Form genau wieder, was ich hörte; mag es auch literarischen Anforderungen nicht genügen, so gibt dieses Potpourri doch ein getreues Bild der dunklen Farben unserer Zeit, und die Verantwortlichkeit muß ich dem Redner selbst zuschieben. Mienenspiel und Gesten schienen prächtig mit dem jeweiligen Tonfall übereinzustimmen, mit dem Bixiou die vorgeführten Personen zeichnete, denn seine drei Zuhörer ließen des öfteren Beifallsrufe ertönen.

»Und Rastignac hat dich zurückgewiesen?« sagte Blondet zu Finot. »Glatt.« »Hast du ihm auch mit den Zeitungen gedroht?« fragte Bixiou. »Er hat gelacht,« erwiderte Finot. »Rastignac ist der direkte Erbe des seligen de Marsay, er wird politisch wie gesellschaftlich seinen Weg machen,« sagte Blondet. »Doch wie ist er zu seinem Vermögen gekommen?«, fragte Couture. »1819 war er noch, gemeinsam mit dem berühmten Bianchon, in einer elenden Pension des Quartier latin; seine Familie nährte sich von gerösteten Maikäfern und trank billigen Landwein, um ihm hundert Franken im Monat senden zu können; das Gut seines Vaters war keine tausend Taler wert; überdies hatte er noch zwei Schwestern und einen Bruder, und jetzt ...«»Und jetzt hat er jährlich eine Rente von vierzigtausend Franken,« sagte Finot; »jede seiner Schwestern hat sich gut verheiratet und eine reiche Mitgift bekommen, und die Nutznießung des väterlichen Gutes hat er seiner Mutter überlassen ...« »Im Jahre 1827 sah ich ihn noch ohne einen Sou,« sagte Blondet. »Im Jahre 1827!« sagte Bixiou. »Nun,« erwiderte Finot, »heute sehen wir ihn auf dem besten Wege, Minister, Pair von Frankreich oder sonst irgend etwas Großes zu werden! Seit drei Jahren hat er seine Beziehungen zu Delphine gütlich gelöst, er wird sich nur unter guten Aussichten verheiraten, und er kann unter den edelsten Töchtern des Landes wählen. Der Bursche hatte Verstand genug, sich an eine reiche Frau zu halten.« »Meine Freunde, haltet ihm mildernde Umstände zugute,« sagte Blondet; »kaum daß er den Krallen des Elends entronnen, fiel er in die Hände eines geriebenen Schlaubergers.« »Du scheinst Nucingen gut zu kennen,« sagte Bixiou; »in der ersten Zeit fanden Delphine und Rastignac ihn sehr ›lenkbar‹, für ihn schien die Frau ein Spielzeug, ein Schmuck seines Hauses zu sein. Und das ist es, was den Mann in meinen Augen hebt: Nucingen scheut sich nicht, auszusprechen, daß seine Frau gewissermaßen die Repräsentantin seines Vermögens ist, eine unveräußerliche, aber untergeordnete Sache im Leben der Politiker und Finanzmänner, die mit Hochdruck arbeiten. Ich selbst habe ihn sagen hören, Bonaparte sei damals, als er mit Josephine anknüpfte, dumm gewesen wie ein Spießbürger und habe sich dann, als er den Mut gehabt, sie als Sprungbrett zu benutzen, dadurch lächerlich gemacht, daß er sie zu seinem Kameraden zu machen suchte.« »Jeder höhere Mensch sollte über die Frau die Anschauungen des Orientalen haben,« sagte Blondet. »Der Baron hat die Anschauungen des Morgen- und Abendländers in reizvolles Pariserisch übertragen. Marsay, der nicht lenkbar war, war ihm unerträglich, aber Rastignac hat ihm sehr gefallen, und er hat ihn ausgenutzt, ohne daß dieser es ahnte. Alle Lasten seiner Ehe bürdete er ihm auf. Rastignac mußte die Launen Delphines auf sich nehmen, er führte sie ins Bois, er begleitete sie ins Theater. Dieser kleine Großpolitiker von heute hat lange Zeit sein Leben damit verbracht, Billetdoux zu schreiben und zu lesen. Anfänglich wurde Eugen wegen eines Nichts gescholten,« er freute sich mit Delphine, wenn sie heiter war, bekümmerte sich, wenn sie traurig war, er trug die Lasten ihrer Migränen, ihrer Bekenntnisse; er schenkte ihr seine ganze Zeit, seine kostbare Jugend, um die Hohlheit, den Müßiggang dieser Pariserin auszufüllen. Delphine und er hielten große Beratungen über Kleider und Schmuck, er ertrug das Feuer ihres Zornes und den Übermut ihrer Laune, während sie – gewissermaßen als Ausgleich – sich für den Baron bezaubernd machte. Der Baron seinerseits lachte sich ins Fäustchen, dann, als er sah, daß Rastignac unter dem Gewicht seiner Lasten zusammenbrach, gab er sich den Anschein, Verdacht zu schöpfen, und verband die beiden Liebenden durch ihre gemeinsame Angst von neuem.« »Ich gebe zu, daß eine reiche Frau in der Lage ist, Rastignac anständig auszustatten, aber woher hat er sein Vermögen genommen?« fragte Couture. »Ein so großes Vermögen wie das seine muß irgendwoher kommen, und niemand hat ihn jemals verdächtigt, auf ein gutes Geschäft geraten zu sein?« »Er hat geerbt,« sagte Finot. »Von wem?« fragte Emile Blondet. »Von Dummköpfen am Wege,« entgegnete Couture. »Er hat nicht alles genommen, liebe Jungen,« sagte Bixiou:

> » ... › Beruhigt euch über den falschen Alarm,
> Ein jeder reicht heute dem Schwindel den Arm.‹

Ich will euch den Ursprung seines Vermögens berichten. Zunächst ist unser Freund kein Bursche, wie Finot gesagt hat, sondern ein Gentleman, der das Spiel und die Karten kennt und den die Galerie achtet. Rastignac hat all den Verstand, den man haben muß, um im gegebenen Augenblick zu handeln, er ist wie ein Söldner, der seinen Mut nur gegen drei Unterschriften und sonstige Sicherheit verkauft. Er scheint gedankenlos, schwatzhaft, leichtfertig, unbeständig, ohne feste Anschauungen; sobald sich ihm aber etwas Ernstes bietet, ein Plan, eine Berechnung, so wird er sich nicht verzetteln, wie Blondet da, der sich auf Kosten des lieben Nachbarn streitet. Rastignac rafft sich auf, konzentriert sich, prüft den Punkt, an dem der Angriff einzusetzen hat, und greift dann mit allen Mitteln an. Mit der Tapferkeit eines Murat sprengt er den Block, die

Aktionäre, die Gründer, kurzum den ganzen Haufen auseinander; hat der Angriff seine Wirkung getan, so kehrt er zu seinem behaglichen, sorglosen Leben zurück und wird wieder der schwelgerische Südfranzose, der nichtssagende, tatenlose Rastignac, der sich erst mittags zu erheben braucht, weil er im gegebenen Augenblick wach zu sein verstand.«»Sehr schön, aber komm endlich zu seinem Vermögen!« bemerkte Finot. »Bixiou wird uns nur das eine sagen,« entgegnete Blondet,»Rastignacs Vermögen – das ist Delphine von Nucingen, eine beachtenswerte Frau, die Ehrgeiz und Vorsicht vereint.«»Hat sie dir Geld geliehen?« fragte Bixiou. Allgemeines Gelächter.»Du täuschst dich in ihr,« sagte Couture zu Blondet;»ihr ganzer Geist besteht darin, mehr oder weniger pikante Dinge zu sagen und Rastignac mit ganz unbequemer Treue zu lieben und ihm blind zu gehorchen; sie ist in ihren Instinkten durchaus Italienerin.« Geld »beiseite« sagte Andoche Finot bitter, »Still, still« erwiderte Bixiou mit schmeichelnder Stimme, »könnt ihr es nach alledem, was wir erörtert haben, noch wagen, den armen Rastignac zu beschuldigen, auf Kosten des Hauses Nucingen gelebt zu haben? Wagt ihr es, zu behaupten, man habe ihm eine Wohnung gesucht und eingerichtet und ihn da hineingesetzt, wie seinerzeit unser Freund des Lupeaulx die Torpille? Übrigens kann die Sache – abstrakt gesprochen, wie Royer-Collard sagen würde – vor der Kritik der reinen Vernunft bestehen; was allerdings diejenige der unreinen Vernunft anlangt...«»Aber ja,« rief Blondet,»er hat recht! Die Frage ist uralt. Sie war die Veranlassung zu dem berühmten Zweikampf zwischen la Châtaigneraie und Jarnac, dem wir den bekannten Ausspruch ›Coup de jarnac‹ verdanken. Jarnac wurde beschuldigt, mit seiner Schwiegermutter allzu gute Beziehungen zu unterhalten. Wenn eine Tatsache so wahr ist, darf sie nicht ausgesprochen werden. Aus Ergebenheit für König Heinrich II., der sich diese Bosheit gestattet hatte, nahm la Châtaigneraie den Ausspruch auf sich, und es kam zu dem Duell, das die französische Sprache um die bekannte Bezeichnung bereicherte.«»Ach! von so weit her kommt die Bezeichnung,« sagte Finot;»da ist sie ja geradezu vornehm.«»Es gibt Frauen,« fuhr Bixiou ernsthaft fort, »es gibt auch Männer, die es verstehen, sich zu teilen und nur teilweise zu verschenken. Solche Leute werden stets ihre materiellen Interessen von ihrem Gefühlsleben trennen. Sie schenken einer Frau ihre ganze Zeit und ihre Ehre. Als Gegenleistung nehmen sie aber von der Frau nichts an. Ja, es ist unehrenhaft, nicht nur die Seelen, sondern auch Geld und Gut zu verschmelzen. Diese Lehre wird oft genug vorgetragen, aber selten angewendet ...« »Ach, was für Lappalien!« sagte Blondet. »Der Marschall von Richelieu, ein Kenner in Sachen der Galanterie, setzte Frau de la Popelinière eine Pension von tausend Louis aus. Agnes Sorel brachte mit kindlicher Selbstverständlichkeit König Karl VII. ihr Vermögen, und der König nahm es an. Jacques Coeur hat für den Unterhalt der Krone Frankreichs gesorgt, und sie nahm es – mit echt weiblicher Undankbarkeit – hin.« »Meine Herren,« sagte Bixiou, »die Liebe, die nicht auch innige Freundschaft ist, scheint mir nichts weiter als momentane Ausschweifung. Was ist eine Hingabe, bei der man doch etwas für sich zurückbehält? Zwischen diesen beiden gleichermaßen unmoralischen und einander dennoch ganz entgegengesetzten Begriffen ist keine Versöhnung möglich. Nach meiner Ansicht haben alle, die einen rückhaltlosen Liebesbund scheuen, einfach Angst, er könne ein Ende nehmen, er sei nur flüchtiger Rausch! Die Leidenschaft, die dem von ihr Befallenen nicht ewig scheint, ist abscheulich. (Der Ausspruch ist übrigens Fénelon von reinstem Wasser.) Wer die Welt kennt und beobachtet, zum Beispiel alle jene, die sich zu kleiden wissen, und jene, die ohne Erröten eine Geldheirat eingehen, hält eine tatsächliche Trennung von materiellen Interessen und Gefühlsleben für unbedingt notwendig. Die andern sind verliebte Narren, die meinen, sie und ihre Geliebte seien allein auf der Welt! Ihnen sind die Millionen nichts, aber den Handschuh, die Kamelie, die ihre Angebetete getragen, bewerten sie nach Millionen! Wenn ihr bei ihnen auch das verächtliche Geld nicht findet, so findet ihr doch, sorgsam in Zedernholzschachteln aufgebahrt, die Leichen welker Blumen! Alle gleichen sie einander: sie alle haben kein ›Ich‹ mehr. ›Du‹, das ist ihr Gott. Was ist da zu tun? Könnt ihr diese Erkrankung des Herzens verhindern? Es gibt Narren, die ohne jede Berechnung lieben, und es gibt Weise, deren ganze Liebe Berechnung ist.« »Bixiou, du bist großartig!« schrie Blondet. »Was sagt Finot?« »An anderm Ort«, erwiderte Finot mit Würde, »wäre ich einer Meinung mit den Gentlemen; hier jedoch denke ich ...« »Ebenso wie die schlechten Subjekte, in deren Gesellschaft ich mich befinde,« entgegnete Bixiou. »Wahrhaftig ja,« sagte Finot. »Und du?« wandte sich Biflou an Couture. »Dummheiten!« rief Couture. »Eine Frau, die ihren Körper nicht zum Sprungbrett macht, um den Mann, den sie auszeichnet, emporkommen zu

lassen, ist eine herzlose, selbstsüchtige Frau.«»Und du, Blondet?«
»Ich, ich erprobe die Sache praktisch.«»Nun,« fuhr Bixiou mit bos-
hafter Stimme fort, »Rastignac war nicht eurer Ansicht. Nehmen
und nicht wiedergeben ist schrecklich und sogar leichtsinnig; aber
nehmen, um sich das Recht zu erwirken, göttlich, hundertfach zu-
rückzugeben – das ist eine ritterliche Tat! So dachte Rastignac. Rastignac fühlte sich tief gedemütigt, daß er von Delphine von Nucingen Geld annehmen mußte, ich weiß davon zu reden, ich sah, wie
er mit Tränen in den Augen diesen Zustand beklagte. Ja, er weinte
in der Tat ... nach Tisch! Na, nach unserer Ansicht ...«»Höre mal, du
machst dich über uns lustig,« sagte Finot. »Keine Spur. Es handelt
sich um Rastignac, dessen Kummer nach eurer Ansicht ein Beweis
seiner Verdorbenheit ist; denn damals liebte er Delphine viel weniger. Aber was ist da zu machen! Der arme Junge hatte dieses
Schwert im Herzen. Er ist eben ein entarteter Edelmann, seht ihr,
und wir sind tugendsame Künstler. Also, Rastignac wollte Delphine
bereichern – er, der Arme, sie, die Reiche! Wollt ihr es glauben? Er
ist ans Ziel gekommen. Rastignac, der sich geschlagen hätte wie ein
Jarnac, machte sich von nun an den Ausspruch Heinrichs II. zu
eigen: ›Es gibt keine absolute Tugend, nur Gelegenheiten und Umstände.‹ Damit legte er den Grundstein zu seinem Reichtum.«»Du
solltest lieber mit deiner Geschichte beginnen, anstatt uns zur
Selbstanklage zu verleiten,« sagte Blondet mit liebenswürdiger
Gutmütigkeit. »Ah, mein Kleiner,« sagte Bixiou und gab ihm einen
wohlwollenden Klaps auf den Hinterkopf, »du wirst dich beim
Champagner wiederfinden.«»Bei Seiner Heiligkeit dem Aktionär,«
sagte Couture, »erzähle uns deine Geschichte!«»Ich war gerade an
einem Knoten,« gab Bixiou zurück, »aber mit deinem Fluch gibst du
mir die Auflösung.«»Es gibt also Aktionäre bei der Geschichte?«
fragte Finot. »Steinreiche, so wie deiner,« erwiderte Bixiou. »Es
scheint mir,« sagte Finot, »daß du einem guten Kinde, bei dem du
gelegentlich eine Fünfhundertfrankennote findest, Rücksichten
schuldig bist ...«»Kellner!« rief Bixiou. »Was willst du von ihm?«
fragte ihn Blondet. »Fünfhundert Franken für Finot, um meine
Zunge zu lösen und mich von der Verpflichtung der Dankbarkeit
zu entbinden.«»Erzähle deine Geschichte!« erwiderte Finot la-
chend. »Ihr seid Zeugen,« sagte Bixiou, »daß ich nichts mit diesem
Unverschämten zu tun habe, der da glaubt, mein Schweigen sei
nicht mehr als fünfhundert Franken wert! Wenn du die Gewissen

nicht besser einzuschätzen weißt, wirst du niemals Minister werden. Also gut!« sagte er mit schmunzelnder Stimme, »mein lieber Finot, ich werde die Geschichte erzählen, ohne Namen zu nennen, und wir sind quitt.« »Er wird uns beweisen,« sagte Couture lächelnd, »daß Nucingen den Rastignac reich gemacht hat.« »Du bist gar nicht so weit vom Schuß, als du denkst,« erwiderte Bixiou. »Ihr wißt nicht, was Nucingen als Geldmann ist.« »Nur weißt du wohl leider nicht das geringste über sein erstes Auftreten?« fragte Blondet. »Ich habe ihn allerdings nur in seinem eigenen Hause gesehen,« sagte Bixiou; »aber es ist ja nicht unmöglich, daß wir einander früher einmal über den Weg gelaufen sind.« »Das Aufblühen des Hauses Nucingen ist eins der größten Wunder unserer Zelt,« bemerkte Blondet. »Im Jahre 1804 war Nucingen wenig bekannt, die Banken von damals hätten gezittert, hunderttausend Taler seiner Akzepte am Platze zu wissen. Aber der große Geldmann war sich seiner Minderwertigkeit bewußt. Wie sich bekannt machen? Er stellt seine Zahlungen ein. Schön! Sein bisher nur in Straßburg und im Quartier Poissonnière bekannter Name ertönt allerorten! Er entschädigt seine Leute mit leeren Worten und nimmt seine Zahlungen wieder auf: alsbald gehen seine Papiere in ganz Frankreich. Durch einen unerhörten Zufall steigen die Papiere, finden Anklang und Absatz. Nucligens sind sehr gesucht. Das Jahr 1815 kommt, der Mann rafft seine Gelder zusammen, kauft vor der Schlacht bei Waterloo Staatspapiere, stellt im Moment der Krise seine Zahlungen ein und liquidiert mit Wortschiner Minenaktien, die er sich zwanzig Prozent unter dem Wert beschafft hatte, zu dem er selbst sie emittierte! Ja, meine Herren, er kauft bei Grandet hundertfünfzigtausend Flaschen Champagner, um sich zu decken, denn er sah den Fall dieses ehrsamen Vaters des bekannten Grafen d'Aubrion voraus, und ebensoviel Flaschen Bordeauxwein bei Duberghe. Die dreihunderttausend Flaschen, zu dreißig Sous das Stück gekauft, gibt er den Verbündeten von 1817 bis 1819 im Palais Royal zu trinken – zu sechs Franken die Flasche. Die Papiere des Hauses Nucingen und sein Name bekommen europäischen Ruf. Dieser allmächtige Baron hat sich über den Abgrund erhoben, in dem jeder andere zugrunde gegangen wäre. Zweimal brachte seine Liquidation seinen Gläubigern unerhörte Vorteile; er wollte sie umbringen – unmöglich! Er gilt als der ehrenhafteste Mann von der Welt. Bei der dritten Zahlungseinstellung werden die Papiere des Hauses Nucingen sogar in Asien, in

Mexiko, in Australien, ja bei den Wilden gehen. Ouvrard ist der einzige, der diesen Elsässer, den Sohn eines aus Strebertum getauften Juden, durchschaut hat: ›Wenn Nucingen sein Gold fahren läßt,‹ sagte er, ›so könnt ihr glauben, daß er dafür Diamanten einheimst!‹« »Sein Genosse du Tillet paßt gut zu ihm,« sagte Finot. »Denkt nur, dieser du Titlet ist ein Mann, der von Haus aus nur das Nötigste zum Leben hat; und dieser Kerl, der 1814 keinen Heller besaß, hat sich zu dem emporgeschwungen, was er jetzt ist. Aber was keiner von uns – dich nehme ich aus, Couture – fertiggebracht hat: er wußte sich anstatt der Feinde Freunde zu schaffen. Kurz, er wußte sein Vorleben so gut zu verbergen, daß man einen ganzen Sumpf durchforschen mußte, um dahinterzukommen, daß er noch 1814 Handlungsdiener bei einem Parfümeriehändler der Rue Saint-Honoré gewesen ist.« »Ta ta ta!« erwiderte Bixiou, »wie könnt ihr einen Vergleich ziehen zwischen Nucingen und diesem jämmerlichen Schwindler du Tillet, diesem Schakal, der von seiner Schnüffelnase lebt, der die Kadaver riecht und als Erster herbeigelaufen kommt, um sich den größten Knochen zu sichern. Stellt euch nur einmal beide Männer vor: der eine hat einen spitzen Katzenkopf, er ist mager, gewandt; der andere ist massig und fett, plump wie ein Sack, beharrlich wie ein Diplomat. Nucingen hat eine schwere Hand und den toten Blick des Börsenspekulanten; seine Kampfmethode ist nicht ein Draufgehen, sondern ein stilles Überlisten; er ist nie zu durchschauen, man weiß nichts von seinem Kommen, während die Schlauheit jenes du Tillet nur zu vergleichen ist mit einem zu dünnen Faden: er reißt, wie Napoleon einmal von irgendwem gesagt hat.« »Ich sehe eigentlich keine andere Überlegenheit Nucingens über du Tillet, als die, herausgefunden zu haben, daß ein Finanzmann nur Baron zu sein braucht, während du Tillet sich in Italien zum Grafen erheben lassen will,« sagte Blendet. »Blondet ... ein Wort, mein Junge,« sagte Couture. »Zunächst hat Nucingen auszusprechen gewagt, daß es nur scheinbar Ehrenmänner gibt; ferner muß man, um ihn gut zu kennen, mit seinen Geschäften vertraut sein. Die Bank ist bei ihm das wenigste. Er hat die Lieferungen für die Regierung, die Weine, die Wäsche, den Indigo, kurzum alles, was irgendeinen Gewinn abwirft. Alles, was ihm Vorteil bringt, weiß er sich zu verschaffen. Dieser Finanzriese würde dem Ministerium Deputierte verkaufen und den Türken die Griechen. ›Der Handel ist für ihn‹, würde Cousin sagen, ›die Gesamtheit der Einzelheiten, die Einheit der Vielheiten.‹ Wenn man die Bank aus diesem Gesichtspunkt betrachtet, so wird sie ein ganzes Staatswesen, sie verlangt einen überlegenen Kopf und kann einen Mann wohl dazu bringen, sich über die Gesetze der Redlichkeit, die ihn beengen, zu erheben.« »Du hast recht, mein Sohn,« sagte Blondet. »Aber wir allein sind es, die begreifen, daß das der Krieg ist. Der Bankier ist ein Eroberer, der seine Heeresmassen opfert, um verborgene Zwecke zu erreichen; seine Soldaten – das sind die Anteile des Einzelnen. Er hat seine Schlachtordnung zu entwerfen, Hinterhalte zu legen, Anführer zu wählen, Städte einzunehmen. Die meisten dieser Männer haben so viel mit Politik zu tun, daß sie schließlich auch hier mitreden wollen und ihr Vermögen dabei verlieren. Auf solche Weise ist das Haus Necker zugrunde gegangen, und der bekannte Samuel Bernard ist fast darüber zusammengebrochen. Fast jedes Jahrhundert hat seinen ungeheuer reichen Bankier, der schließlich weder Geld noch Erben hinterläßt. Die Brüder Pâris, die dazu beitrugen, Law zu stürzen, und Law selber, neben denen alle andern Pygmäen sind, Bouret und Beaujon – alle sind dahin, ohne Familie zu hinterlassen. Wie die Zeit, so frißt auch die Bank ihre Kinder. Um bestehen zu können, müssen die Bankiers adlig werden, eine Dynastie begründen, wie die Gläubiger Karls V., die Fugger, die zu Fürsten von Babenhausen ernannt wurden und die noch immer bestehen ... im Gothaer Almanach. Die Bank sucht lediglich aus Erhaltungstrieb und vielleicht sogar ohne es zu wissen, nach dem Adelstitel. Jacques Coeur hat ein großes Adelsgeschlecht begründet, das Geschlecht der Noirmoutier, das unter Ludwig XIII. erlosch. Welch eine Energie bewies der Mann, der sich zugrunde richtete, um einen rechtmäßigen König zu schaffen! Er starb als Beherrscher irgendeiner Insel im Archipel, wo er eine herrliche Kathedrale erbaute.« »Ja, wenn ihr auf geschichtliche Ereignisse zurückgreift, so verlieren wir uns aus der Gegenwart; in unserer Zeit ist die Krone des Rechtes beraubt, den Adelstitel zu erteilen, und man macht die Grafen und Barone nur bei geschlossenen Türen, wie schade!« sagte Finot. »Du hast ganz recht, wenn es dir leid tut, daß man den Adelstitel nicht verkaufen kann,« sagte Bixiou. »Ich komme auf unsere Leute zurück. Kennt ihr Beaudenord? Nein? Gut! So hört, wie alles zuging! Der arme Junge war vor zehn Jahren die Blüte des Dandytums. Aber er ist so gründlich untergegangen, daß ihr ihn ebensowenig kennt, wie Finot jetzt den Ursprung des › *Coup de jarnac*‹

kennt. (Das ist als Redensart gemeint und nicht, um dich zu foppen, Finot!) Tatsächlich, er gehörte zum Faubourg Saint-Germain. Also Beaudenord ist der erste Hammel, den ich euch vorführen will. Zunächst müßt ihr wissen, daß er sich Godefroid von Beaudenord nannte. Weder noch Blondet noch Couture noch ich würden einen solchen Vorteil nicht zu schätzen wissen. Es schmeichelte der Eigenliebe des Burschen nicht wenig, wenn nach einem Ball seine Diener nach seinem Wagen riefen und dreißig schöne, von ihren Gatten und Anbetern umringte Frauen den stolzen Namen hörten. Ferner erfreute er sich aller guten Gaben, mit denen Gott den Menschen ausgestattet: er war gesund und kräftig, hatte weder ein krankes Auge noch einen falschen Schopf oder falsche Waden; er war weder x- noch o-beinig, hatte keine hervortretenden Knie, ein gerades Rückgrat, eine schlanke Gestalt, hübsche weiße Hände und schwarze Haare; seine Gesichtsfarbe war weder zu rosig wie bei einem Drogisten, noch zu braun wie bei einem Kalabreser. Also die Hauptsache: Beaudenord war nicht allzu hübsch, war keiner von denen, die aussehen, als sei ihre Schönheit ihr einziges Gut; aber lassen wir das, es ist schon abgesprochen! Er wußte eine Pistole zu handhaben und ein Pferd zu reiten, er hatte sich wegen einer unbedeutenden Sache geschlagen und seinen Gegner nicht getötet. Wißt ihr auch, daß man, um zu wissen, was im neunzehnten Jahrhundert in Paris das Glück eines Sechsundzwanzigjährigen ausmacht, alle die unzähligen Kleinigkeiten und Nebensächlichkeiten kennen muß, aus denen das Leben sich zusammensetzt? Der Schuhmacher, der Beaudenords Fuß erwischt hatte, fertigte ihm gutsitzende Schuhe, sein Schneider freute sich, ihm schöne Anzüge zu machen. Godefroid setzte kein überflüssiges Fett an, er prahlte nicht und sprach keinen unangenehmen Dialekt, sondern redete rein und fehlerfrei und trug seine Krawatte so hübsch gebunden wie Finot. Er hatte ferner das Glück, doppelt verwaist und der Vetter seines Vormundes, des Marquis d'Aiglemont, zu sein; er ging bei den Finanzleuten ein und aus, ohne daß der Faubourg Saint-Germain darüber spöttelte, denn glücklicherweise hat ein junger Mann das Recht, das Vergnügen zu seinem einzigen Gesetz zu machen, dort hinzulaufen, wo man die Freude liebt, und die düstern Winkel zu fliehen, in denen Sorge und Gram erblühen. Trotz aller dieser Gaben hätte er sich recht unglücklich fühlen können. Ach, leider hat das Glück das Unglück, als etwas Unbedingtes zu erscheinen, was so viele Narren zu der Frage veranlaßt: ›Was ist das Glück?‹ Eine sehr geistvolle Frau sagte einmal: ›Das Glück ist da, wo man es hinträgt‹.« »Da sprach sie eine traurige Wahrheit aus,« sagte Blondet. »Und eine sehr abstrakte,« fügte Finot hinzu. »Erzabstrakt! Das Glück, die Tugend, das Böse – das sind alles ganz relative Begriffe,« erwiderte Blondet. »So konnte Lafontaine zum Beispiel hoffen, daß die Verdammten sich mit der Zeit an ihren Zustand gewöhnen und schließlich dahin kommen würden, sich in der Hölle so wohlzufühlen wie ein Fisch im Wasser.« »Jeder Philister zitiert Lafontaine!« sagte Bixiou. »Das Glück eines Sechsundzwanzigjährigen in Paris ist noch lange nicht das Glück eines Sechsundzwanzigjährigen in Blois,« sagte Blondet, ohne den Einwurf zu beachten. »Wer davon ausgeht, um gegen die Unbeständigkeit der Meinungen loszuziehen, ist ein Dummkopf oder Betrüger. Die heutige Heilkunde, deren größte Ruhmestat es ist, von 1799 bis 1837 sich aus ihrer Stellung der Mutmaßung, der Hypothese, zu einer positiven Wissenschaft entwickelt zu haben – und dies durch den Einfluß der großen Schule der Analytiker in Paris –, hat bewiesen, daß der Mensch sich nach Ablauf eines bestimmten Zeitlaufs verändert, erneuert ...« » Es ist das gleiche wie mit Hänschens Messer«[1] erwiderte Bixiou. »So hat also das Harlekingewand, das wir ›Glück‹ nennen, gar verschiedene bunte Lappen; nun, das Kleid meines Godefroid hatte weder Löcher noch Flecken. Ein junger Mann von sechsundzwanzig Jahren, der Glück in der Liebe hätte –, nicht infolge seiner blühenden Jugend, seines Geistes, seiner schönen Gestalt, sondern aus unwiderstehlicher Anziehungskraft – besagter junger Mann könnte ganz gut keinen Heller in der Börse haben, die seine Anbeterin ihm gestickt, er könnte seinem Hausherrn die Miete, seinem vorgenannten Schuster die Schuhe, seinem Schneider den Anzug schuldig sein, kurz, er könnte arm sein. Das Elend wird das Glück eines jungen Mannes trüben, der unsere erhabene Ansicht über die Verschmelzung des beiderseitigen Geldbesitzes nicht teilt. Ich kenne nichts Quälenderes, als seelisch überglücklich, materiell hingegen unglücklich zu sein. Heißt das nicht, wie hier, nach der Seite der Tür zu ein erfrorenes und nach der Seite des Kamins hin ein geröstetes Bein haben?

---

[1] Unter ›Hänschens Messer‹ wird in einer französischen Redensart eine Sache verstanden, die allmählich solche Veränderungen erlitten hat, daß sie nur noch dem Namen nach die alte ist.

Ich hoffe, man versteht mich; fühlst du nicht in deiner Westentasche ein Echo meiner Worte, Blondet? Unter uns: lassen wir die Liebe beiseite, sie verdirbt den Verstand. Also weiter! Godefroid von Beaudenord genoß die Achtung seiner Lieferanten, denn sie bekamen ziemlich regelmäßig Geld zu sehen. Jene geistvolle Frau, die ich vorhin zitierte, die man aber nicht nennen darf ...«»Wer ist es?« »Die Marquise d'Espard! Sie sagte, ein junger Mann müsse im Erdgeschoß wohnen, dürfe nichts haben, was etwa einem Haushalt gleiche, also weder Küche noch Köchin, sondern nur einen alten Diener, und dürfe keinen Anspruch auf einen dauernden Wohnsitz erheben. Alles andere ist nach ihrer Ansicht eine Geschmacklosigkeit. Godefroid von Beaudenord wohnte, getreu diesem Programm, am Quai Malaquais im Erdgeschoß. Dennoch war er gezwungen, in einem Punkte die Eheleute nachzuahmen: er hatte ein Bett in seinem Zimmer, aber ein so schmales, daß er sich wenig darin aufhielt. Eine Engländerin, die zufällig bei ihm eingetreten wäre, hätte nichts finden können, das ›improper‹ gewesen wäre. Finot, laß dir das große Gesetz des Unpassenden erklären, das England beherrscht! Da ein Tausendfrankenschein uns beide verbindet, so will ich dir eine Vorstellung davon geben. Ich selbst bin ja in England gewesen. (Blondet ins Ohr: ›Ich gebe ihm für mehr als zweitausend Franken von meinem Geist.‹) Also in England, Finot, trittst du in einer Nacht, beim Ball oder sonstwo, einer Frau innig nahe, du begegnest ihr andern Tags auf der Straße und zeigst, daß du sie wiedererkennst: ›unpassend!‹ Du findest beim Diner im Frack deines Nachbarn zur Linken einen prächtigen geistvollen Mann, der frei und offen und gar nicht dünkelhaft ist; er hat nichts von einem Engländer. Nach alter französischer Sitte, die so höflich, so liebenswürdig ist, sprichst du ihn an: ›unpassend!‹ Du holst dir auf dem Ball eine dir unbekannte hübsche Frau zum Tanz: ›unpassend!‹ Du ereiferst dich, du redest, du lachst, du schüttest dein Herz, deine Seele, deinen Geist aus; du bekundest in deiner Unterhaltung Gefühl; du spielst beim Spiel und plauderst beim Plaudern und ißt beim Essen: ›unpassend! unpassend! unpassend!‹ Einer der geistreichsten und tiefgründigsten Männer unserer Zelt, Stendhal, hat dieses ›Unpassend‹ des Engländers köstlich charakterisiert, indem er von einem Briten sagt, daß er, selbst wenn er allein am Kaminfeuer sitzt, nicht wagt, die Beine zu kreuzen – aus Furcht, daß es ›unpassend‹ sei. Dank dieser Angst, ›unpassend‹ zu erscheinen, wird man eines

Tages London und seine Bewohner versteinert finden.« »Wenn man bedenkt, daß es in Frankreich Narren gibt, die auch hier das albern feierliche, geschraubte Wesen des Engländers einführen wollen,« sagte Blondet, »so schaudert wohl ein jeder, der jemals in England gewesen und unsere anmutvollen französischen Sitten kennt. Walter Scott, der es nicht wagte, die Frauen so zu zeichnen, wie sie wirklich sind, aus Furcht, ›unpassend‹ zu sein, bereute es sogar, in ›Prison d'Edinbourgh‹ die schöne Gestalt der ›Effin‹ geschaffen zu haben.« »Falls du es vermeiden möchtest, in England ›unpassend‹ zu erscheinen ...« sagte Bixiou zu Finot. »Nun?« fragte Finot. »So geh in die Tuilerien und sieh dir den Feuerwehrmann aus Marmor an, eine Figur, der ihr Schöpfer allerdings den Namen Themistokles gegeben hat, und versuche eine ähnliche Haltung einzunehmen, so wirst du niemals ›unpassend‹ sein. Godefroid jedenfalls verdankte sein Glück der sorgfältigen Vermeidung alles dessen, was unpassend hätte sein können; hier die Geschichte. Er hatte einen Reitknecht, einen ›Tigre‹, und nicht einen Groom, wie ungebildete Leute sagen. Sein Tiger war ein kleiner Irländer, genannt Paddy, Joby, Toby – wie ihr wollt –, drei Fuß hoch, zwanzig Zoll breit, Gestalt wie ein Wiesel, Nerven von Stahl, behende wie ein Eichhörnchen; er kutschierte einen Landauer sowohl in London als auch in Paris mit nie fehlender Sicherheit, hatte gleich mir ein eidechsenscharfes Auge, saß zu Pferde wie der alte Franconi, hatte die blonden Locken einer Rubensschen Jungfrau, die zarten Wangen eines jungen Prinzen und die Schlauheit eines alten Advokaten; dabei war er nicht älter als zehn Jahre und ein wahres Wunder an Verderbtheit: er spielte und fluchte, liebte die Süßigkeiten und den Punsch, wußte zu beleidigen wie ein Journalist und zu stehlen wie ein Pariser Gassenjunge. Er war der Stolz und die Einnahmequelle eines Lords, dem er bei den Rennen schon siebenhunderttausend Franken eingebracht hatte. Der Lord liebte das Kind sehr; sein Tiger war geradezu eine Kuriosität; kein Mensch in ganz London hatte einen so kleinen Tiger. Wenn Joby auf einem Rennpferde saß, so glich er einem Falken. Also der Lord entließ Toby, nicht etwa wegen Gefräßigkeit oder Diebstahl oder Mord oder frecher Redensarten oder Respektlosigkeit gegen Mylady – auch nicht, weil er der Kammerfrau Myladys Löcher in die Taschen schnitt, oder weil die Ratgeber Mylords bei den jeweiligen Rennen den Jungen verdorben, oder weil er des Sonntags seinem Vergnügen nachging – kurzum, aus keinem stichhaltigen Grunde. Toby hätte alle diese Dinge begehen können, er hätte sogar die Dreistigkeit haben können, Mylord ungefragt anzureden, Mylord hätte ihm selbst das verziehen. Mylord hätte vieles von Toby ertragen, so große Stücke hielt er auf ihn. Sein Tiger lenkte zwei voreinander gespannte Pferde vor einem zweirädrigen Wagen, indem er selber auf dem Hinterpferde saß, ohne daß seine Beine über die Sattelbäume hinausragten; er glich wirklich einem dieser Engelsköpfe, wie sie die italienischen Maler auf ihren Heiligenbildern auszusäen lieben, Ein englischer Journalist gab eine entzückende Beschreibung dieses kleinen Engels, er fand ihn zu hübsch für einen ›Tigre‹ und wollte wetten, daß Paddy eine gezähmte ›Tigresse‹[2] sei. Diese Äußerung sprach sich herum, und Mylord empfand sie als ›unpassend‹. Mylady lobte Mylord wegen seiner Umsicht. Nachdem man ihm so seinen Rang in der Zoologie Britanniens streitig gemacht, konnte Toby keine Stellung mehr finden. Damals beglückte Godefroid gerade die französische Gesandtschaft in London, wo er die Geschichte von Toby, Joby, Paddy hörte. Godefroid bemächtigte sich des Tigers, den er weinend neben dem Marmeladentopf fand, denn das Kind hatte schon die Guineen verloren, mit denen Mylord sein Leid vergoldet hatte. Bei seiner Rückkehr also brachte Godefroid von Beaudenord den reizendsten Tiger Englands mit; er wurde wegen seines Tigers berühmt, wie Couture wegen seiner Westen. Nachdem er dem Diplomatenberuf entsagt, bewies er keinen beunruhigenden Ehrgeiz mehr, sein Geist war nicht gefährlich, und alle Welt sah ihn gern. Uns andere würde es in unserer Selbstgefälligkeit beleidigen, nur lachenden Gesichtern zu begegnen. Wir lieben bei andern den bittern Zug des Neides. Godefroid liebte es nicht, gehaßt zu werden. Jeder nach seinem Geschmack! Doch wir wollen festen Boden betreten und uns mit seinem äußern Leben befassen! Sein Junggesellenheim, in dem ich mir mehr als eine Mahlzeit munden ließ, zeichnete sich durch ein geheimnisvolles, schön ausgestaltetes Toilettezimmer aus; es hatte ein Bad, einen Kamin, bequeme Ruhesitze; es hatte einen Ausgang zur Treppe, selbstschließende lautlose Türen mit gutgeölten Schlössern und Angeln, Fenster aus mattem Glas und undurchsichtige Vorhänge. Wenn das Wohnzimmer die schönste Unordnung bot,

---

[2] Wie ›Tigre‹ (Tiger) Bezeichnung für Reitknecht, so ›Tigresse‹ (Tigerin) Bezeichnung für ein Weib von Katzennatur.

wie sie nur der anspruchsvollste Aquarellmaler wünschen könnte, wenn alles hier vom Zigeunerleben eines vornehmen jungen Mannes zeugte, so war das Toilettezimmer dagegen ein Heiligtum: weiß, rein, aufgeräumt, warm, keine Zugluft, weiche Teppiche – alles wie geschaffen für den, der sich im Hemd, mit nackten Füßen hier verbergen wollte. Hier ist es, wo der Junggeselle sich als Herr der Situation, als Lebenskünstler erweist! Denn hier gibt es Minuten und Ereignisse, in denen der Mensch sein Wesen offenbart und sich als Herrscher oder Tölpel zeigt. Die schon erwähnte Marquise – nein, es war die Marquise von Rochefide – verließ voll Zorn dieses Toilettezimmer und wollte es nie wieder betreten – sie hatte dort nichts ›Unpassendes‹ entdecken können. Godefroid hatte darin ein Schränkchen voller ...« »Hemden?« fragte Finot. »Daneben geraten, alter Türke! (Ich werde ihm nie Erziehung beibringen!) Nein doch, Kuchen, Früchte, hübsche Fläschchen mit Malaga, Liköre – kurzum alles das, was einen zarten und verwöhnten Gaumen erfreuen mag. Ein alter schlauer Diener, der gut mit Tieren umzugehen wußte, pflegte die Pferde Godefroids; er hatte bereits dem seligen Herrn Beaudenord gedient und brachte Godefroid eine große Zuneigung entgegen, eine Krankheit des Herzens. Alles irdische Glück beruht auf Zahlen. Ihr, die ihr das Pariser Leben in allen seinen Höhen und Tiefen kennt, ihr werdet euch denken können, daß Godefroid eine Rente von etwa siebzehntausend Livres nötig hatte, da er für siebzehntausend Franken Abgaben zu zahlen und für tausend Taler abenteuerliche Launen hatte. Nun also, Kinder, am selben Tage, als er mündig wurde, legte ihm der Marquis d'Aiglemont eine Vormundschaftsabrechnung vor, wie wir sie demnächst unsern Neffen nicht vorlegen könnten, und übergab ihm Papiere auf achtzehntausend Franken Staatsrente, der Rest des von der Republik beträchtlich gekürzten und von den Schulden des Kaiserreichs arg mitgenommenen väterlichen Vermögens. Dieser prächtige Vormund machte sein Mündel zum Herrn von einigen dreißigtausend Franken Ersparnissen, die beim Hause Nucingen angelegt waren, und sagte ihm voll liebenswürdiger Anmut, daß er ihm diese Summe ausgesetzt habe, damit er sich zunächst einmal, wie jeder junge Mann, austoben könne. ›Wenn du mir folgst, Godefroid‹ sagte er zu ihm, ›so verschwendest du das Geld nicht, gleich so vielen andern, unnütz, sondern machst nützliche Dummheiten. Nimm in Turin einen Gesandtschaftsposten an, geh dann von dort nach Neapel, von Neapel nach London – und du wirst dich für dein Geld unterhalten und gebildet haben. Willst du späterhin einen Beruf ergreifen, so hast du weder Zeit noch Geld verloren.‹ Der selige d'Aiglemont war besser als sein Ruf – was man von uns nicht sagen kann.«

»Ein junger Mann, der mit einundzwanzig Jahren mit achtzehntausend Livres Rente ins Leben tritt, ist ruiniert,« sagte Couture. »Falls er nicht geizig oder sonst hervorragend begabt ist,« sagte Blondet. »Godefroid weilte in den vier Hauptstädten Italiens,« fuhr Bixiou fort. »Er sah Deutschland und England, auch St. Petersburg, und bereiste Holland; aber er entäußerte sich der besagten dreißigtausend Franken, als seien sie nichts als eine Jahresrente. Er fand überall ›le suprême de volaille, l'aspic et les vins de France‹, hörte überall Französisch sprechen – kurzum, er war immer wie in Paris. Er hätte gern sein Herz verhärtet, gepanzert, seine Illusionen verloren, hätte gern gelernt, alles anzuhören, ohne zu erröten, zu sprechen, ohne etwas zu sagen, hätte gern die geheime Stufenleiter zur Macht betreten ... Pah! er hatte Mühe genug, sich mit vier Sprachen auszustatten, das heißt, sich mit vier Worten gegen einen Gedanken zu wehren. Er kam zurück als ein schüchterner, ziemlich ungeschliffener, vertrauender guter Junge – ein Mensch, der von denen, die ihm die Ehre erwiesen, ihn zu empfangen, nichts Übles reden konnte, der zum Diplomaten viel zu vertrauensselig war – nichts weiter also als ein guter Junge.« »Kurz, ein Esel, der seine achtzehntausend Livres Rente in kleinen Unternehmungen verzettelte,« sagte Couture. »Dieser verteufelte Couture ist dermaßen gewöhnt, die Dividenden vorwegzunehmen, daß er mir sogar die Entwicklung meiner Geschichte vorwegnimmt. Wo war ich denn? Bei der Rückkehr Beaudenords! Als er im Quai Malaquais untergebracht war, stellte es sich heraus, daß die tausend Franken Überschuß, die ihm jährlich blieben, nicht genügten, um sich an einer Loge in den ›Italiens‹ oder der Oper zu beteiligen. Wenn er beim Spiel oder bei einer Wette fünfundzwanzig bis dreißig Louis verlor, bezahlte er sie natürlich; gewann er aber, so gab er das Geld gleich wieder aus – was wir gerade so machen würden, wären wir dumm genug, uns in Wetten einzulassen. Beaudenord, der also mit seinen achtzehntausend Livres Rente nicht auskam, fühlte die Notwendigkeit, seine laufenden Einnahmen zu vergrößern – um mit seinen Ausgaben ein gleiches tun zu können. Er legte großen Wert darauf, sich anständig über

Wasser zu halten. Er holte sich bei seinem Vormund Rat: ›Mein lieber Junge,‹ sagte d'Aiglemont zu ihm, ›Staatsrenten stehen auf pari; verkaufe deine Papiere; die meinigen und auch diejenigen meiner Frau habe ich bereits verkauft. Nucingen hat mein ganzes Geld und gibt mir sechs Prozent dafür; mach es wie ich, so wirst du ein Prozent mehr haben als bisher, und dieses eine Prozent wird genügen, um dir die erwünschte Bewegungsfreiheit zu schaffen.‹ Drei Tage darauf hatte Godefroid seine Bewegungsfreiheit und fühlte sich in materieller Hinsicht glücklich. Wenn es möglich wäre, allen jungen Männern von Paris gleichzeitig die Frage zu stellen, ob nicht das Glück eines Sechsundzwanzigjährigen darin bestehe, ein Kabriolett zu kutschieren, auf dem ein kaum faustgroßer Toby, Joby oder Paddy hinten aufsitzt – am Abend für zwölf Franken eine bequeme Mietkutsche zur Verfügung zu haben – sich ganz nach den Gesetzen der Mode täglich viermal umkleiden zu können – bei allen Gesandtschaften wohlgelitten zu sein und dort die zarten Blüten ebenso kosmopolitischer wie flüchtiger Freundschaften zu pflücken – erträglich hübsch zu sein und seinen Namen, seinen Anzug, seinen Kopf mit Anstand zu tragen – eine entzückende kleine Entresolwohnung, ähnlich jener am Quai Malaquais, zu besitzen – seine Kameraden nach dem ›Rocher de Cancale‹ einzuladen, ohne vorher erst den Geldbeutel befragen zu müssen – sich gehen lassen zu können, ohne von dem vernünftigen Gedanken: ›Nun, und das Geld?‹ aufgehalten zu werden – die Rosetten, den Ohrschmuck unserer Vollblutpferde, wie das Band an unserm Hute rechtzeitig erneuern zu können? Alle – selbst wir höheren Menschen – würden antworten, ein solches Glück sei unvollkommen, es sei die Göttin ohne Altar, denn eins sei die Hauptsache: lieben und geliebt werden, oder lieben, ohne geliebt zu werden, oder geliebt werden, ohne wieder zu lieben! Befassen wir uns also mit seinem innern Glück. Als er im Januar 1823 seine Einkünfte geregelt sah und in den verschiedenen Kreisen der Pariser Gesellschaft Fuß gefaßt hatte, fühlte er die Notwendigkeit, sich in den Schutz eines Sonnenschirmes zu begeben, sich über eine Frau beklagen zu können und nicht am Stiel einer für zehn Sous bei Frau Prevost gekauften Rose kauen zu müssen – nach Art der armseligen Jünglinge, die im Foyer der Oper herumglucksen wie Hühner im Mastkäfig. Kurzum, er beschloß, seine Gefühle, seine Gedanken, seine Neigungen einem Weibe darzubringen, einem Weibe! Dem Weibe! Ah! ... Er hegte zunächst den lächerlichen Gedanken einer unglücklichen Liebe, er umwarb eine Zeitlang seine schöne Cousine, Frau d'Aiglemont, ohne gewahr zu werden, daß bereits ein gewisser Diplomat den Faustwalzer mit ihr getanzt. Das Jahr 1825 ging hin in Suchen, Erproben und nutzlosem Kokettieren. Die begehrte liebende Seele fand sich nicht. Die großen Leidenschaften sind selten. Zu jener Zeit gab es in Liebesdingen ebenso viele Barrikaden, wie in den Straßen. In Wahrheit, meine Brüder, das ›Unpassende‹ zieht uns an! Da man uns den Vorwurf gemacht hat, den Porträtmalern, den Taxatoren und Modehändlern ins Handwerk zu pfuschen, so soll euch denn auch die Beschreibung der Betreffenden, in der Godefroid seine Gefährtin zu finden meinte, nicht erspart bleiben: Alter neunzehn Jahre, Größe ein Meter fünfzig, Haare blond. Brauen ebenso, Augen blau, Stirn Mittel, Nase gebogen, Mund klein, Kinn schmal, Gesichtsform oval, besondere Kennzeichen keine. Das also ist der Steckbrief des geliebten Gegenstandes. Ihr dürft nicht anspruchsvoller sein als die Polizei, die Herren Ortsvorsteher und andere anerkannte Autoritäten. Das Gesagte würde übrigens auch auf die Venus von Medici passen. Als Godefroid das erstemal einen jener Bälle besuchte, durch die Frau von Nucingen eine gewisse Berühmtheit erlangte, erspähte er bei einer Quadrille den zukünftigen Gegenstand seiner Liebe und entzückte sich an dieser Gestalt von ein Meter fünfzig. Die blonden Haare umströmten in brausenden Kaskaden ein kleines harmloses Gesicht, das frisch war wie das Antlitz einer Najade, die die Nase ans kristallene Fenster ihrer Quelle preßt, um die Frühlingsblumen zu sehen. (Dies ist neuester Stil, bei dem die Phrasen Fäden ziehen wie Makkaroni.) Ihr kennt die Wirkung blonder Haare und blauer Augen in Verbindung mit einem weichen, wollüstigen und sittsamen Tanz? Solch ein junges Mädchen gleicht nicht den ehrgeizigen Brünetten, deren Blicke zu sagen scheinen: ›Geld oder Leben! Fünf Franken, oder ich verachte dich!‹ Diese übermütigen – und nicht ganz ungefährlichen – Schönheiten mögen vielen Männern gefallen; nach meiner Ansicht aber hat die Blonde, die das Glück hat, ganz besonders zärtlich und liebenswürdig zu erscheinen, ohne doch ihre Rechte der Zurückhaltung, der Neckerei, des netten Plauderns, der Eifersüchtelei und alles dessen, was eine Frau anbetungswürdig macht, einzubüßen, weit mehr Aussichten, sich zu verheiraten, als die feurige Brünette. Das Holz ist teuer. Isaure – sie war weiß und zart wie eine Elsässerin – war in Straßburg geboren und sprach das

Deutsche mit einem sehr anmutigen französischen Akzent und tanzte wunderbar. Ihre Füße, die der Polizeibeamte nicht erwähnt hatte und die dennoch ihren Platz in der Rubrik ›Besondere Kennzeichen‹ verdienten, waren bemerkenswert durch ihre Kleinheit und ihre eigenartige Sprache, die die Alten › *flic flac*³ genannt haben. Die Füße Isaures plauderten mit einer Sicherheit, Leichtigkeit und Schnelligkeit, die in Herzensdingen von guter Vorbedeutung sein mußte. ›Sie hat *flic flac*!‹ war das erhabenste Lob, das Marcel spendete, Marcel, der einzige Tanzmeister, der den Namen ›der Große‹ verdiente. Man sagte ›der große Marcel‹, wie man ›der große Friedrich‹ sagte – damals, zur Zeit Friedrichs des Großen.«»Er hat wohl auch Ballette komponiert?« fragte Finot. »Ja, dergleichen wie ›Die vier Elemente›, ›Europa in Liebe.‹«»Welch eine Zeit,« sagte Finot, »als noch die Herren von Adel den Tänzerinnen Kleider schenkten!«

»Unpassend!« erwiderte Bixiou. »Isaure tanzte nicht auf Zehenspitzen; sie fußte fest am Boden, wiegte sich, ohne zu hüpfen, nicht mehr und nicht weniger verführerisch, als ein junges Mädchen sich eben wiegen darf. Marcel meinte übrigens voll abgründiger Erkenntnis, jeder Stand habe seine besondere Tanzweise: eine verheiratete Frau müsse anders tanzen als ein junges Mädchen, ein Raufbold anders als ein Finanzmann, ein Militär anders als ein Edelknabe; er ging sogar so weit, zu behaupten, ein Infanterist müsse anders tanzen als ein Kavallerist – und hieran anschließend machte er seine Betrachtungen über alle Gesellschaftsklassen. Wie weit sind mir doch heute von alledem entfernt!«»Höre,« sagte Blondet, »du legst da den Finger in eine große Wunde. Hätte man Marcel richtig verstanden, so wäre es nicht zur Revolution gekommen.« »Godefroid«, fuhr Bixiou fort, »konnte auf seinen Reisen durch Europa nicht umhin, die fremdländischen Tänze kennen zu lernen. Hätte er nicht so viel von der Tanzkunst verstanden – vielleicht hätte er sich niemals in das junge Mädchen verliebt; so aber war er von den dreihundert Geladenen, die sich durch die schönen Salons der Rue Point-Lazare drängten, der einzige, der die ungeschriebenen Liebesworte verstand, die dieser geschwätzige Tanz ausplauderte. Man bemerkte wohl die Anmut Isaure d'Aldriggers; aber in einem Jahr-

---

³ Flic flac = Tanzschritt.

hundert, wo man den Ausruf liebte: ›Vorwärts, halten wir uns nicht auf!‹ hieß es in diesem Falle nur: ›Sieh da, dies junge Mädchen tanzt famos‹ (dies sagte ein Schreiber), oder: ›Das junge Mädchen da tanzt entzückend‹ (eine Dame mit Turban), oder (wie eine Frau von dreißig Jahren sagte): ›Das junge Mädchen dort drüben tanzt nicht schlecht!‹ Kommen wir auf den großen Marcel zurück und zitieren wir seinen berühmten Ausspruch: ›Was liegt nicht alles im Avant-deux!‹«[4] »Und beeilen wir uns ein wenig!« sagte Blondet, »sprich nicht so schwülstig.« »Isaure«, fuhr Bixiou mit einem schiefen Blick auf Blondet fort, »trug ein schlichtes Kleid aus weißem Krepp, das mit grünem Band geziert war, eine Kamelie im Haar, eine Kamelie im Gürtel, eine andere am Saum des Kleides und eine Kamelie ...« »Du willst uns wohl die dreihundert Ziegen des Sancho aufzählen?« »Ich bin eben literarisch, mein Lieber! ›Clarisse‹ ist eins der größten Meisterwerke und umfaßt vierzehn Bände, der stumpfsinnigste Vaudevilledichter aber wird es dir in einem Akt heruntererzählen. Vorausgesetzt, daß ich dich unterhalte, sehe ich nicht ein, weshalb du dich beklagst? – Diese Toilette war von köstlicher Wirkung. Liebst du die Kamelien nicht? Möchtest du lieber Dahlien? Nein? Dann also eine Kastanie, da!« sagte Bixiou, der bei diesen Worten Blondet eine Kastanie zugeworfen haben mußte, denn wir hörten das Aufschlagen auf den Teller.

»Schön, ich hatte unrecht,« fahre nur fort!« sagte Blondet. »Also weiter,« sagte Bixiou. »›Ist sie nicht wie gemacht zum Heiraten?‹ wandte sich Rastignac an Beaudenord, indem er auf die Kleine mit den weißen reinen Kamelien wies, an denen kein Blättchen fehlte. Rastignac war ein naher Freund Godefroids. ›Ja, das hatte ich gerade gedacht,‹ erwiderte Godefroid leise. ›Ich sagte mir soeben, daß es besser sei, sich der von Jean Jacques Rousseau ersehnten Leidenschaft hinzugeben und ehrlich und treu ein junges Mädchen wie Isaure zu lieben, mit dem Gedanken, sie späterhin, wenn die Seelen einander kennen und schätzen, zur Frau zu nehmen – kurzum, ein beglückter Werther zu sein, anstatt fortwährend um sein Glück zu zittern, unaufmerksamen Ohren mit Mühe ein paar Worte zuzuraunen, im Theater nachzuspähen, ob die betreffende Frisur eine rote oder weiße Blume trägt, und im Bois, ob auf dem betreffenden

---

[4] En avant-deux‹ = ›Vorwärts zu zweit!‹ Kommandowort beim Kontertanz.

Wagenschlag eine behandschuhte Hand sich zeigt, wie das in Mailand beim Korso üblich ist; anstatt hinter irgendeiner Tür einen hastigen Kuß zu stehlen, wie der Bedienstete den Schluck aus der Flasche; anstatt seinen Geist darauf zu verwenden, gleich einem Postboten Briefe abzuholen und fortzutragen; anstatt heute fünf Bände Folio und morgen zwei kleine Selten lesen zu müssen, was alles sehr ermüdend ist!‹ ›Nun,‹ sagte Rastignac, ›wenn ich an deiner Stelle wäre, so würde ich mich vielleicht in diese Askese stürzen, sie ist neu, eigenartig und wenig kostspielig. Deine Mona Lisa ist lieblich, aber dumm wie eine Ballettmusik, das sage ich dir gleich.‹ Die Art, wie Rastignac diese letzte Bemerkung machte, ließ Beaudenord glauben, sein Freund habe ein Interesse daran, ihn zu ernüchtern; als ehemaliger Diplomat vermutete er in dem andern den Rivalen. Ein verfehlter Beruf verfolgt uns durchs ganze Leben. Godefroid verliebte sich so gründlich in Fräulein Isaure d'Aldrigger, daß Rastignac an ein im Spielsalon plauderndes großes Mädchen herantrat und ihr zuflüsterte: ›Malvina, Ihre Schwester hat einen Fisch im Netze zappeln, der achtzehntausend Livres Rente wiegt, er hat einen Namen, ein gewisses Ansehen in der Gesellschaft und weiß sich Haltung zu geben, haben Sie acht auf die beiden! Wird es eine ernste Liebe, so versuchen Sie, Isaures Vertrauen zu gewinnen, damit sie keine unüberlegte Antwort gibt.‹ Gegen zwei Uhr morgens erschien der Kammerdiener bei einer kleinen Sennerin von vierzig Jahren, an deren Seite Isaure wellte, und sagte: ›Der Wagen der Frau Baronin ist vorgefahren.‹ Godefroid sah daraufhin, wie seine Balladenschönheit ihre abenteuerliche Mutter in das Vorzimmer führte, wo Malvina sich ihnen zugesellte. Godefroid, der (welch ein Kind!) vorgab, nachsehen zu wollen, in welchen Einmachtöpfen Joby ertrunken sei, hatte das Glück, zu sehen, wie Isaure und Malvina ihrer lebhaften kleinen Mutter in den Pelz halfen und einander beistanden, sich für die nächtliche Fahrt durch Paris vorzubereiten. Die beiden Schwestern beobachteten ihn von der Seite, gleich klugen Kätzchen, die ein Mäuslein belauern, während sie es scheinbar gar nicht beachten. Er bemerkte mit Genugtuung das wohlerzogene Benehmen und die schöne Livree des weißbehandschuhten Elsässers, der seinen drei Gebieterinnen große Pelzschuhe brachte. Selten waren zwei Schwestern einander unähnlicher als Isaure und Malvina. Die Ältere groß und brünett, Isaure klein und blond; diese hier zierlich mit zarten Gesichtszügen, jene von kühnen, kräftigen Formen; Isaure war das Weib, das durch seinen Mangel an Kraft den Mann beherrscht und das zu beschützen sogar ein Gymnasiast sich berufen fühlt, neben ihrer Schwester erschien Isaure wie ein Miniaturporträt neben einem Ölgemälde. ›Sie ist reich!‹ sagte Godefroid Zu Rastignac, als er wieder in den Ballsaal trat. ›Wer?‹ ›Dieses junge Mädchen.‹ ›Ah! Isaure d'Aldrigger? Ja freilich. Die Mutter ist Witwe; ihr Gatte hatte in Straßburg seinerzeit auch Nucingen angestellt. Willst du sie wiedersehen, so erweise dich Frau von Restaud liebenswürdig; sie gibt übermorgen einen Ball, auf dem auch die Baronin d'Aldrigger mit ihren beiden Töchtern erscheint, du wirst eingeladen werden!‹ Drei Tage lang erblickte Godefroid in der Dunkelkammer seines Gehirns seine Isaure und die weißen Kamelien, wie wir einen hellbeleuchteten Gegenstand, den wir lange angeblickt, mit geschlossenen Augen bunt und strahlend durchs Dunkel tanzen sehen.«

»Bixiou, du verlierst dich ins Wundersame, stelle uns lieber Bilder auf!« sagte Couture. »Hier!« erwiderte Bixiou und nahm anscheinend die Haltung eines dienstbeflissenen Kellners an, »hier, meine Herren, das gewünschte Bild! Achtung, Finot! Man muß dir über den Mund fahren, wie der Droschkenkutscher seiner Schindmähre! Frau Theodor« Marguerite Wilhelmine Adolphus (aus dem Hause Adolphus & Cie., Mannheim), Witwe des Barons d'Aldrigger, war keine gute dicke Deutsche, die, blond und bedächtig, eine Gesichtsfarbe hat wie der Schaum auf dem Bier, und mit allen ehrwürdigen Tugenden gesegnet ist, die Germanien aufzuweisen hat. Ihre Wangen waren noch frisch und rotbäckig, wie bei einer Nürnberger Puppe, reiche Korkzieherlocken, verführerische Augen, kein einziges weißes Haar, eine zierliche Gestalt, deren Vorzüge ein gutsitzendes Mieder noch erhöhte. Sie hatte auf der Stirn und an den Schläfen ein paar unerwünschte Falten, die sie, gleich Ninon, lieber an den Füßen gehabt hätte, aber die Falten fuhren fort, an den sichtbarsten Stellen ihr Zickzack einzugraben. Die Nasenspitze rötete sich, was um so unangenehmer war, als die Nase nun mit der Farbe der Wangen harmonierte. Als einziges Kind von ihren Eltern verwöhnt, verwöhnt von ihrem Gatten und von ganz Straßburg, verwöhnt auch von ihren beiden Töchtern, die sie anbeteten, gestattete sich die Baronin, Rot aufzulegen, gestattete sich den kurzen Rock und die Schleife am Taillenschluß. Begegnet ein Pariser der Baronin auf dem Boulevard, so lächelt er und verurteilt sie, ohne irgendwelche mildernde Umstände gelten zu lassen. Der Spötter ist stets ein oberflächlicher und darum grausamer Mensch; der Narr bedenkt nicht, daß die Gesellschaft selbst zum großen Teil das Lächerliche geschaffen hat, das er belacht, denn die Natur setzt lediglich Geschöpfe in die Welt, die Dummen und Hansnarren verdanken wir dem sozialen Staat.«»Was mir an Bixiou gefällt,« sagte Blondet, »ist, daß er bei der Stange bleibt: sobald er nicht die andern verspottet, lacht er wenigstens über sich selbst.«»Blondet, ich werde dir das vergelten,« sagte Bixiou bedeutungsvoll. »War die Baronin leichtsinnig, sorglos, selbstsüchtig und ohne jede Rechengabe, so traf die Verantwortlichkeit für diese Fehler das Haus Adolphus & Cie. in Mannhelm und die blinde Liebe des Barons d'Aldrigger. Sanft wie ein Lamm, hatte die Baronin ein zärtliches, leicht entflammtes Herz; unglücklicherweise aber dauerte die Glut nie lange und wurde darum oft erneuert. Als der Baron starb, wäre unsere Sennerin ihm am liebsten gefolgt, so heftig und aufrichtig war ihr Schmerz; aber am andern Morgen, beim Frühstück, trug man ihr junge grüne Erbsen auf, ein Gericht, das sie sehr liebte, und diese köstlichen jungen Erbsen linderten ihr Leid. Sie wurde von ihren Töchtern und Dienstboten so abgöttisch verehrt, daß das ganze Haus dem Umstand dankbar war, der ihnen gestattete, der Baronin den schmerzlichen Anblick des Trauerzuges zu entziehen. Isaure und Malvina verbargen der angebeteten Mutter ihre Tränen und beschäftigten sie mit Anprobieren und Auswahl der Trauerkleider – während man draußen das Requiem sang. Wenn auf dem großen schwarzweißen Katafalk mit den unzähligen Wachstropfen, der erst dreitausend Leichen gedient haben muß, ehe er aufgefrischt wird – so sagte mir ein Philosoph, den ich bei einem Glase Wein über diesen Punkt befragte –, wieder mal ein Sarg niedergestellt ist; wenn ein höchst gleichgültiger niederer Geistlicher das ›Dies irae‹ grölt und ein ebenso gleichgültiger, doch hoher Geistlicher die Totenmesse liest – wißt ihr, was da die schwarzgekleideten Freunde des Verstorbenen sagen, die dort in der Kirche herumsitzen oder stehen? Hier das gewünschte Bild: Also, seht ihr sie? ›Wieviel glauben Sie, daß der Papa d'Aldrigger hinterläßt?‹ sagte Desroches zu Taillefer, der uns vor seinem Tode das herrliche Fest gegeben ...« »War Desroches damals Advokat?« »Er praktizierte 1822,« sagte Couture. »Und das war kühn von dem Sohn eines armen Beamten, der nie mehr als achtzehnhundert Franken bekam, kühn von einem jungen Mann, dessen Mutter mit Stempelpapieren handelte. Aber er arbeitete auch angestrengt von 1818 bis 1822. Als vierter Schreiber war er bei Derville eingetreten und 1819 schon zum zweiten aufgerückt!« »Desroches?« »Ja,« sagte Bixiou. »Desroches war seinerzeit, gerade wie wir, arm wie Hiob. Er hatte es satt, in ausgewachsenen Kleidern herumzulaufen, da gab er sich aus Verzweiflung dem Rechtsstudium hin und kaufte sich den Rechtstitel. Nun war er Advokat ohne einen Sou, ohne Klientel, ohne andere Freunde als uns, und hatte für Amt und Bürgschaft die Zinsen zu zahlen.« »Er kam mir damals vor wie ein entsprungener Tiger,« sagte Couture. »Mager, mit rotem Haar und tabakbraunen Augen, kalter und gleichgültiger Miene, aber ein scharfer Arbeiter, der Schrecken seiner Schreiber, die nicht müßig sein durften, klug und gerieben, von honigsüßer Beredsamkeit, sich nie hinreißen lassend ...« »Und er hat gute Seiten,« rief Finot. »Er ist seinen Kameraden ein treuer Freund, und seine erste Sorge war, Godeschal, den Bruder Mariettas, zum Schreiber zu nehmen.« »In Paris«, sagte Blondet, »gibt es nur zwei Arten von Advokaten: den Advokaten, der Ehrenmann ist, der sich in den Grenzen des Gesetzes hält, Prozesse führt, die Dinge nie übereilt, nicht vernachlässigt, seinen Klienten redlichen Rat erteilt, indem er in zweifelhaften Fällen zu einem Vergleiche rät, kurzum ein Derville. Der andere ist der Hungeradvokat, dem alles recht ist, vorausgesetzt, daß es sichern Gewinn bringt; der keine Berge versetzt, denn er verkauft sie, aber der die Sterne vom Himmel herunterholt; der sich anheischig macht, einen Schurken über einen Ehrenmann triumphieren zu lassen, wenn der Ehrenmann zufällig nicht bei Kasse ist. Wenn einer dieser Advokaten einen gar zu grauenhaften Streich spielt, so zwingt ihn die Kammer, seinen Beruf aufzugeben. Desroches, unser Freund Desroches, hat diesen an armen Schluckern betriebenen Beruf gut verstanden: er hat Leuten, die fürchteten, ihre Sache zu verlieren, ihren Prozeß abgekauft, er stürzte sich in Bosheiten und Kniffe, denn er war entschlossen, sich aus dem Elend herauszuarbeiten. Er hatte recht, er hat ehrlich seinen Weg gemacht! Politiker, denen er aus unangenehmen Wirren herausgeholfen, wurden seine Förderer, wie zum Beispiel unser lieber des Lupeaulx, dessen Lage so bedenklich war. Er mußte das, um sich herauszuziehen, denn Desroches war anfänglich beim Gericht unbeliebt, er, der sich solche Mühe gab, die Fehler seiner Klienten wieder gutzumachen! ... Nun, Bixiou, erzähle weiter ... weshalb war Desroches in der Kirche?«

»›D'Aldrigger hinterläßt sieben- oder achthunderttausend Franken!‹ bekam Desroches von Taillefer zur Antwort. ›Na na! Es gibt nur einen, der sein Vermögen kennt,‹ sagte Werbrust, ein Freund des Verstorbenen. ›Wer?‹ ›Der alte Schlaukopf Nucingen; er wird bis zum Kirchhof mitgehen. D'Aldrigger ist sein Gönner gewesen, und zum Dank ließ er das Vermögen des Biedermannes heimlich abschätzen.‹ ›Seine Witwe wird einen großen Unterschied wahrnehmen!‹ ›Wie meinen Sie das?‹ ›Nun, d'Aldrigger liebte seine Frau sehr! Lachen Sie nicht, man sieht her.‹ ›Halt, da ist ja auch du Tillet, er hat sich recht verspätet, es wird schon die Epistel verlesen.‹ ›Er wird wahrscheinlich die Älteste heiraten.‹ ›Ist es möglich?‹ sagte Desroches, ›er steht mehr denn je mit Frau Roguin in Beziehungen.‹ ›Er, in Beziehungen? ... Sie kennen ihn nicht!‹ ›Wie ist eigentlich die Position von Nucingen und du Tillet?‹ fragte Desroches. ›Sie ist die,‹ sagte Taillefer: ›Nucingen ist der Mann, das Vermögen seines alten Gönners an sich zu reißen und es ihm wieder zurückzuerstatten.‹ Werbrust hustete. ›Es ist verteufelt kalt in der Kirche!‹ Er hustete wieder. ›Wieso zurückzuerstatten?‹ ›Nun, Nucingen weiß, daß du Tillet ein großes Vermögen besitzt, und will ihn mit Malvina verheiraten; aber du Tillet mißtraut Nucingen. Wer dem Spiel zusieht, hat seine Freude daran.‹ ›Wie?‹ sagte Werbrust, ›schon heiratsfähig? ... Wie schnell man alt wird!‹ ›Malvina d'Aldrigger ist über zwanzig Jahre, mein Lieber. Der gute d'Aldrigger hat 1800 geheiratet, Er gab uns damals in Straßburg bei seiner Hochzeit und bei der Geburt Malvinas ein paar herrliche Feste. Malvina ist 1801, dem Jahr des Friedens von Amiens, geboren, und jetzt haben wir 1823, Papa Werbrust. Damals ossianisierte man alles, daher nannte er seine Tochter Malvina. Sechs Jahre später, unterm Kaiserreich, war er eine Zeitlang für alles Ritterliche begeistert; so nannte er seine zweite Tochter Isaure, sie ist siebzehn. Sind also zwei heiratsfähige Töchter.‹ ›In zehn Jahren haben die Mädchen keinen Sou mehr,‹ sagte Werbrust vertraulich zu Desroches. ›Der Alte, der dort an der Kirchentür steht und tapfer mitbrüllt, ist der Kammerdiener von d'Aldrigger; die beiden jungen Mädchen sind unter seinen Augen groß geworden, er ist zu allem fähig, wenn es gilt, ihr Leben angenehm zu gestalten.‹ Die Vorsänger: ›*Dies irae!*‹ Die Chorkna-

ben: ›*Dies illa!*‹ Taillefer: ›Adieu, Werbrust; wenn ich das *Dies irae*
höre, werde ich zu sehr an meinen armen Sohn erinnert.‹ ›Ich gehe
auch; es ist zu feucht hier,‹ sagte Werbrust. (› *In favilla.*‹) Die Armen
an der Tür: ›Liebe Herren, schenken Sie uns ein paar Sous!‹ Der
Schweizer: ›Pang! pang! Gebt für die Kirche! Gebt für die Kirche!‹
Die Vorsänger: ›Amen!‹ Ein Bekannter: ›Woran ist er gestorben?‹
Ein neugieriger Witzbold: ›An einem Schiff, das auf den Grund
gelaufen ist.‹ Ein Passant: ›Wissen Sie, wer es ist, der hier verstor-
ben ist?‹ Ein Verwandter: ›Der Präsident von Montesquieu.‹ Der
Sakristan zu den Armen: ›Macht euch fort, man hat uns schon für
euch etwas gegeben; ihr dürft nichts mehr fordern!‹« »Großartig!«
sagte Couture.

Und wirklich, man sah das ganze Leben und Treiben in der Kirche vor Augen. Bixiou vergaß nichts; sogar das Geräusch, mit dem
die Leichenträger den Sarg aufhoben und davonschritten, ahmte er,
mit den Füßen auf dem Fußboden scharrend, nach.

»Es gibt Dichter und Romanschriftsteller, die über Pariser Sitten
und Gebräuche viele schöne Dinge sagen,« fuhr Bixiou fort; »hier
aber habt ihr die Wahrheit über eine Begräbnisfeier. Auf hundert
Leute, die so einem Kerl von Toten den letzten Dienst erweisen,
kommen neunundneunzig, die ganz öffentlich in der Kirche von
Geschäft und Vergnügen sprechen. Es gehört ein ganz unglaubli-
cher Zufall dazu, um wirklich mal ein wenig wahres Leid aufzuspüren. Überhaupt: gibt es denn ein Leid, das nicht im Grunde Egoismus wäre? ... Als die Messe beendet, begleiteten Nucingen und du
Tillet den Trauerzug zum Kirchhof. Der alte Kammerdiener ging zu
Fuß. Der Kutscher lenkte den Wagen hinter den der Geistlichkeit.
›Nun, main kuter Fraind,‹ sagte Nucingen zu du Tillet, als der Wagen den Boulevard entlang fuhr, ›die Kelegenhait ist ginstig, haira-
ten Se Malfina, machen Se sich ßum Peschitzer dieser armen wai-
nenden Familsche; dann werden Se haben aine Familsche, ain
Haim. Se werden sich in ain kemachtes Pett setzen, und Malfina ist
ain Kemüt, ain wahrer Schatz, sak ich Ihnen‹.« »Man meint wirklich
den alten Robert Macaire von Nucingen zu hören!« sagte Finot.
»›Ein reizendes Mädchen,‹ sagte Ferdinand du Tillet feurig und
doch gleichmütig,« erzählte Bixiou weiter. »Der ganze du Tillet!«
rief Couture. »›Denen, die sie nicht kennen, mag sie häßlich erscheinen,‹ sagte du Tillet, ›aber ich gebe zu, sie hat Seele.‹ ›Und ain

Kemüt, das ist das Kute an der Sache, main Lieber! Se ist klug und unterwürfig. In unserm Peruf waiß man nie, wie's kommt und keht; es ist ain kroßes Klick, wenn man sich dem Herzen sainer Frau kann anverdrauen. Was ist Telfine, die mir, wie Se wissen, mehr als aine Million mitkepracht hat, kegenüber Malfina, die kaine so kroße Mitkift hat.‹ ›Aber wieviel hat sie denn?‹ ›Ich waiß nicht kenau, aber es ist schon allerhand.‹ ›Sie hat eine Mutter, die das Schminken liebt!‹ sagte du Tillet. Dieses Wort schnitt dem Versucher die weitere Rede ab. Nach dem Diner teilte der Baron der Wilhelmine Adolphus mit, daß sie nur noch knapp vierhunderttausend Franken bei ihm liegen habe. Die Tochter der Firma Adolphus aus Mannheim, die sich nunmehr auf vierundzwanzigtausend Livres Rente beschränkt sah, verlor sich in Betrachtungen, die ihr den Kopf verwirrten. ›Wie?‹ sagte sie zu Malvina. ›Wie? Ich habe für uns stets sechstausend Franken allein bei der Schneiderin ausgegeben! Ja, wo nahm denn dein Vater das Geld dazu her? Was haben wir von vierundzwanzigtausend Franken? Das Elend! Ach, wenn mein Vater mich so sähe, er würde sterben, wenn er nicht schon tot wäre! Arme Wilhelmine!‹ Und sie begann zu weinen. Malvina, die nicht wußte, wie sie die Mutter trösten sollte, stellte ihr vor, daß sie noch jung und hübsch sei, Rosa kleide sie noch immer gut, sie werde in die Oper und ins Bouffons gehen, denn die Loge Frau von Nucingens stehe ihr doch zur Verfügung. Sie lullte die Mutter in einen Traum von Festen, Musik und Tanz, schönen Toiletten und rauschenden Erfolgen – in einen Traum, der in einem himmelblauen Seidenbett eines vornehm eingerichteten Zimmers emporblühte, das jenem benachbart war, in dem zwei Nächte früher Herr Jean Baptiste Baron d'Aldrigger sein Leben ausgehaucht. Hier in kurzem Umriß seine Geschichte. Bei seinen Lebzeiten hatte der ehrenwerte Elsässer, Bankier in Straßburg, ein Vermögen von etwa drei Millionen zusammengetragen. Im Jahre 1800, als er sechsunddreißig Jahre alt war und ein nettes Vermögen besaß, das er während der Revolution erworben, heiratete er aus Strebsamkeit und Neigung die Erbin der Firma Adolphus in Mannheim. Das junge Mädchen wurde von der ganzen Familie vergöttert und heimste natürlich im Laufe von zehn Jahren das gesamte Vermögen ein. D'Aldriggers Vermögen verdoppelte sich dadurch, was zur Folge hatte, daß er von Seiner Majestät dem Kaiser und König zum Baron ernannt wurde; aber leider faßte er für den großen Mann, dem er den Adel verdankte, eine

Leidenschaft. So richtete er sich von 1814 bis 1815 zugrunde, weil er die Sonne von Austerlitz ernst genommen hatte. Der ehrliche Elsässer stellte seine Zahlungen nicht ein, suchte nicht seine Gläubiger mit Papieren abzufinden, die er für schlecht hielt; er bezahlte alles sofort und zog sich von der Bank zurück, mit welcher Handlungsweise er sich den Namen, den Nucingen, sein früherer erster Kommis, ihm beigelegt, redlich verdiente: ›ein Ehrenmann, aber dumm!‹ Als alle Zahlungen gemacht, blieben ihm noch fünfhunderttausend Franken und gewisse Forderungen an das Kaiserreich, das nicht mehr bestand. ›Das gommt davon, daß man sich ßu sehr auf Nappolion verlassen hat,‹ sagte er, als er den Erfolg seiner Liquidation gewahrte. Wenn man in einer Stadt der Erste gewesen, so bleibt man nach seinem Fall nicht gern dort ... Der Bankier aus dem Elsaß machte es wie alle bankrotten Provinzler: er kam nach Paris und trug hier mutig seine blau-weiß-roten Hosenträger mit den eingestickten kaiserlichen Adlern; er schloß sich den bonapartistischen Kreisen an. Sein Vermögen übergab er dem Baron Nucingen, der ihm für alles acht Prozent gab und seine Forderungen an das Kaiserreich für sechzig Prozent übernahm, was d'Aldrigger veranlaßte, Nucingen mit den Worten die Hand zu drücken: ›Ich wußte ja, daß ich in dir das Herz aines Elsässers finden wirde!‹ Nucingen ließ sich von unserm Freund des Lupeaulx bis auf Heller und Pfennig ausbezahlen. Trotzdem man ihn also gehörig gerupft hatte, besaß der Elsässer ein gewerbliches Einkommen von vierundvierzigtausend Franken. Wie alle Leute, die plötzlich einer langgewohnten und Geistesgegenwart erfordernden Tätigkeit entsagen müssen, sich irgendeinem Spleen hingeben, so auch er. Der Bankier machte es sich zur Aufgabe, sich für seine Frau aufzuopfern, das edle Herz! Ihr Vermögen war dahin, und sie hatte diese Tatsache mit der Sorglosigkeit eines jungen Mädchens, das von Geldangelegenheiten nicht das geringste versteht, hingenommen. Die Baronin d'Aldrigger genoß also nach wie vor die Freuden, an die sie gewöhnt war – und jetzt sogar nicht mehr in Straßburg, sondern in Paris. Das Haus Nucingen stand schon damals, wie noch heute, an der Spitze der Geldaristokratie, und der ›geriebene Baron‹ machte es sich zur Ehre, den ›ehrlichen Baron‹ gut aufzunehmen. Diese schöne Tugend stand dem Hause Nucingen gut. Jeder Winter verminderte das Kapital d'Aldriggers, aber er wagte keinen Vorwurf gegen die Perle der Adolphus in Mannheim: seine Zärtlichkeit war die erfinderischste und unangebrachteste von der Welt. Ein braver Mann, aber erzdumm! Als er starb, fragte er sich: ›Was wird aus ihnen werden ohne mich?‹ Und als er sich einmal mit Wirth, seinem alten Kammerdiener, allein sah, legte er ihm zwischen zwei Hustenanfällen sein Weib und seine Kinder ans Herz, als ob dieser gebrechliche Alte das einzige vernünftige Wesen im ganzen Hause sei! Drei Jahre später, 1826, war Isaure zwanzig Jahre und Malvina unverheiratet. Malvina hatte das gesellschaftliche Treiben durchschaut, es für oberflächlich und berechnend erkannt. Gleich fast allen wohlerzogenen jungen Mädchen wußte Malvina nichts vom praktischen Leben, von der Macht des Geldes, der Schwierigkeit, solches zu erwerben, vom Preis der Dinge. Jede Lehre, die sie in diesen sechs Jahren ziehen mußte, war ihr wie eine Beleidigung erschienen. Die vierhunderttausend Franken, die der selige d'Aldrigger noch beim Bankhaus Nucingen stehen hatte, wurden als Guthaben der Baronin geführt, denn der Nachlaß ihres Gatten schuldete ihr zwölfhunderttausend Franken, und in Augenblicken der Bedrängnis tat die Sennerin einen Griff in diese Kasse, als sei sie unerschöpflich. Zur Zeit, als unser Tauber sich seiner Täubin näherte, hatte Nucingen, der den Charakter seines ehemaligen Chefs kannte, Malvina über die finanzielle Lage der Witwe aufgeklärt: es lagen nur noch dreihunderttausend Franken bei ihm, so daß die Rente von vierundzwanzigtausend Franken auf achtzehntausend heruntergesetzt werden mußte. Wirth hatte drei Jahre lang die Situation gehalten! Nach der vertraulichen Mitteilung des Bankiers wurden Pferde und Wagen abgeschafft und der Kutscher entlassen; das tat Malvina hinter dem Rücken der Mutter. Die Einrichtung des Hauses, die zehn Jahre alt war, konnte nun nicht durch neues Mobiliar ersetzt werden, aber alles war gleichzeitig alt und fadenscheinig geworden; für die, die eine gewisse Harmonie lieben, war es allerdings nur halb so schlimm. Die wohlkonservierte Baronin glich nun einer kalten und welken Rose, die inmitten des November als einzige am Busch hängt. Ich, der ich hier zu euch rede, habe mit angesehen, wie diese üppige Blüte allmählich, ganz allmählich verblaßte. Entsetzlich, mein Ehrenwort! Das war der letzte Kummer, den ich hatte. Später sagte ich mir: ›Es ist dumm, an andern so viel Interesse zu nehmen!‹ Als ich noch Beamter war, nahm ich Anteil an allen Häusern, in denen ich speiste, ich verteidigte sie vor übler Nachrede, ich spottete nicht über sie, ich ... Oh, ich war ein Kind! – Als ihre Tochter ihr die Lage der Dinge mitgeteilt, rief die ehemalige Perle entsetzt: ›Meine armen Kinder! Wer wird mir nun meine Toiletten nähen? Ich werde also keine neuen Hüte mehr tragen, keine Besuche empfangen, keine erwidern!‹ – Woran, meint ihr, erkennt man bei einem Mann die wahre Liebe?« unterbrach sich Bixiou. »Es handelt sich darum, zu wissen, ob Beaudenord ernstlich in die kleine Blonde verliebt war.« »Er vernachlässigt seine Geschäfte,« erwiderte Couture. »Er wechselt dreimal am Tage das Hemd,« sagte Finot. »Eine Gegenfrage,« sagte Blondet: »Kann und darf ein großer Mann überhaupt verliebt sein?« »Meine Freunde,« sprach Bixiou gefühlvoll weiter, »hüten wir uns wie vor einer Viper vor dem Mann, der, sobald er sich verliebt weiß, mit den Fingern schnippt oder seine Zigarren fortwirft und sich sagt: ›Pah! es gibt noch andere in der Welt!‹ Der Staat aber mag diesen Bürger im Ministerium für auswärtige Angelegenheiten verwenden. Blondet, ich mache dich darauf aufmerksam, daß besagter Godefroid aus der Diplomatie ausgeschieden war.« »Man hat ihn ausgenutzt, aufgesogen! Die Liebe ist der einzige Weg, auf dem die Dummen zu einer gewissen Größe gelangen,« erwiderte Blondet. »Blondet, Blondet, warum nur sind wir so arm?« rief Bixiou. »Und warum ist Finot so reich?« entgegnete Blondet, »Ich will es dir sagen, mein Sohn, wir verstehen uns! Halt, Finot, du schenkst mir ja ein, als hätte ich deinen Klee gelobt. Weißt du nicht, daß man gegen Ende eines Diners am Wein nur nippen soll? ... Also weiter. Du hast es gesagt: der ›aufgesogene‹ Godefroid machte weitgehende Bekanntschaft mit der großen Malvina, der leichtsinnigen Baronin und der kleinen Tänzerin. Er versank in kleinlichste Abhängigkeit und Dienstbarkeit. Diese leichenhaften Reste einstigen Wohlstandes schreckten ihn nicht. Bewahre! Er gewöhnte sich schließlich an alle die Fetzen und Lumpen. Nie sollte die Möbelgarnitur aus grüner chinesischer Seide, die den Salon zierte, diesem Bewerber alt und verbraucht erscheinen. Die Vorhänge, das Teetischchen, die chinesischen Vasen auf dem Kamin, der Rokoko-Kronleuchter, der fadenscheinige Teppich, das Piano, das blumengezierte Teeservice, die Servietten mit spanischen Fransen und spanischen Löchern, der persische Salon, der dem blauen Schlafgemach der Baronin benachbart war, alles schien ihm geheiligt. Nur dumme Frauen, deren strahlende Schönheit Geist, Herz und Seele in Schatten stellt, können solche Leidenschaften entfachen; eine geistvolle Frau hat keine derartigen Erfolge, man muß klein und dumm sein, um sich eines Mannes zu bemächtigen. Beaudenord hat es mir selbst gesagt, daß er dem alten würdigen Kammerdiener Wirth zugetan war. Der alte Narr hatte vor seinem künftigen Herrn eine Hochachtung, wie der gläubige Katholik vor der Eucharistie. Der biedere Wirth war ein deutscher Michel, so ein Biertrinker, der seine Durchtriebenheit zu verbergen weiß, wie ein mittelalterlicher Kardinal seine Faust im Ärmel versteckte. Als Wirth sah, daß hier ein Gatte für Isaure zu fangen sei, umschmeichelte er Godefroid mit dem ganzen Aufwand seiner elsässischen Biederkeit, dem wirksamsten aller Klebstoffe. Frau d'Aldrigger benahm sich höchst ›unpassend‹, sie sah die Liebe als etwas ganz Natürliches an. Wenn Isaure und Malvina zusammen die Tullerien oder die Champs Elysées besuchten, wo sie mit jungen Männern ihres Kreises zusammentrafen, so sagte die Mutter: ›Unterhaltet euch gut, liebe Kinder!‹ Ihre Freunde, die einzigen, die über die beiden Schwestern hätten übel reden können, verteidigten sie; denn die unbeschränkte Freiheit, die jeder im Salon d'Aldrigger genoß, machte diesen zu einem unvergleichlich angenehmen Treffpunkt. Selbst für Millionen hätte man in ganz Paris nur schwer dergleichen Abendgesellschaften zu sehen bekommen – eine Gesellschaft, in der man über alles geistvoll zu plaudern wußte, in der die modische Kleidung nicht Vorschrift war und ein jeder sich behaglich fühlte. Die beiden Schwestern korrespondierten mit wem es ihnen gefiel, und empfingen und lasen in Gegenwart der Mutter ihre Briefe, ohne daß die Baronin jemals auf den Gedanken gekommen wäre, etwas davon wissen zu wollen. Die prächtige Mutter schenkte den Töchtern alle Wohltaten, die ihr Egoismus für sich selbst verlangte; denn der Egoist, der unbehelligt sein will, behelligt auch die andern nicht und ist keiner von denen, der das Leben seiner Freunde mit den Hecken guten Rates und dem Dornbusch der Ermahnungen umgibt ...«

»Du sprichst mir zu Herzen,« sagte Blondet; »aber, mein Lieber, du erzählst nicht, du schwatzest.« »Blondet, wärest du nicht schon betrunken, so würde ich mich über dich ärgern! Von uns vieren ist er der einzige wirkliche Literat! Um seinetwillen tue ich euch die Ehre an, euch gewissermaßen als Feinschmecker zu behandeln; ich serviere euch meine Geschichte wie kleine zarte Kuchen, und er sitzt und kritisiert! Meine Freunde, ein einfaches Aneinanderreihen von Tatsachen ist entschieden ein Zeichen geistiger Sterilität. Die feine Komödie ›Der Misanthrop‹ beweist, daß die wahre Kunst darin besteht, auf einer Nadelspitze einen Palast aufzubauen. Ich liebe es, meinem Stoff Größe zu verleihen, ihn umzuformen; ich mache es wie die Feen, die aus einer Sandwüste in zehn Sekunden ein Interlaken erstehen lassen – so schnell also, wie ich hier dies Glas leere! Wollt ihr, daß mein Bericht wie eine Kanonenkugel daherschießt, wollt ihr einen militärischen Rapport? Wir plaudern und lachen, und dieser nüchterne Büchersammler verlangt in seiner Trunkenheit, daß ich so albern daherreden soll wie ein Buch.« (Er tat, als weine er.)»Weinen wir, Candide, und so lebe denn die ›Kritik der reinen Vernunft‹!«»Also erzähle nur weiter,« sagte Finot.

»Ich wollte euch klarmachen, worin das Glück eines Mannes besteht, der nicht Aktieninhaber ist (eine Schmeichelei für Couture!). Also wißt ihr nun, zu welchem Preise sich Godefroid die köstlichste Glückseligkeit verschaffte, die ein junger Mann sich träumen kann? ... Er studierte Isaure, um sicher zugehen, verstanden zu werden! ... Dinge, die einander verstehen sollen, müssen einander gleichen. Nun, sie haben nichts Gemeinsames als das Nichts und das Unendliche; die Dummheit ist das Nichts, der Verstand ist das Unendliche. Die beiden Liebenden schrieben einander die albernsten Briefe von der Welt, sie sandten sich gegenseitig auf duftenden rosa Blättchen Worte wie: ›Engel! Äolsharfe! Wenn ich Dich habe, bin ich vollkommen! Auch ein Mann hat ein fühlendes Herz in der Brust! Schwaches Weib! Ich Armer!‹ Alle die unsinnigen Worte eines Liebespaares von heute. Godefroid blieb in keiner Gesellschaft länger als zehn Minuten, er sprach mit den Damen höchst anspruchslose Dinge, sie fanden ihn also sehr geistvoll. Er war einer von denen, die gerade so viel Geist haben, als man ihnen unterschiebt. Urteilt selbst, wie sehr er in Anspruch genommen war. Joby und seine Pferde wurden nun in seinem Dasein nebensächliche Dinge. Er war nur dann glücklich, wenn er, in seinen bequemen Lehnstuhl vergraben, zur Seite des Kamins aus grünem Marmor, der Baronin gegenübersaß, Isaure anschauen und behaglich plaudernd seinen Tee schlürfen konnte. Es war immer ein kleiner Freundeskreis dort in der Rue Joubert beisammen, man kam zwischen elf und Mitternacht und konnte ohne Gefahr ein Spielchen machen; ich habe dort immer gewonnen! Wenn Isaure ihren hübschen kleinen Fuß im schwarzen Seidenschuh kokett zeigte und Godefroid ihn lange betrachtet hatte, so blieb er als der Letzte da und sagte zu Isaure: ›Gib mir deinen Schuh ...‹ Isaure hob den Fuß, stellte ihn auf einen Stuhl, zog den Schuh aus und gab ihn ihm mit einem Blick, einem Blick ... nun, ihr versteht! Godefroid entdeckte an Malvina ein großes Geheimnis. Wenn du Tillet an die Tür klopfte, so flüsterte das Rot, das in Malvinas Wangen stieg: ›Ferdinand!‹ Wenn das arme Mädchen den prankenbewehrten Tiger ansah, so leuchteten ihre Augen auf wie ein Kohlenbecken, über das ein Wind hinfährt; sie empfand eine unendliche Beseligung, wenn Ferdinand sie beiseiteführte, um mit ihr allein zu plaudern. Wie schön und selten ist das: ein Weib, dessen Liebe so stark ist, daß sie sie nicht zu verbergen strebt, sondern offen darbringt! Du lieber Himmel, das ist hier in Paris freilich gerade so selten wie die singende Blume in Indien. Ungeachtet dieser Freundschaft, die mit dem Tage begann, als die d'Aldrigger bei den Nucingens erschienen, heiratete Ferdinand Malvina nicht. Unser wilder du Tillet schien auf Desroches nicht eifersüchtig zu sein, der Malvina so eifrig den Hof machte, als hoffe er, mit einer Mitgift, die vermutlich mindestens fünfzig Taler betragen dürfte, sein Amt bezahlen zu können. Obgleich du Tillets Gleichgültigkeit Malvina tief demütigte, liebte sie ihn doch zu sehr, als daß sie es über sich gebracht hätte, ihn nicht mehr vorzulassen. Der Stolz dieses Mädchens, das ganz Seele, ganz Empfindung war, unterlag zeitweise der Liebe, zeitweise gewährte die beleidigte Liebe dem Stolz die Oberhand. Ruhig und kühl nahm unser Freund Ferdinand diese zärtliche Hingabe an, sog sie ein mit dem stillen Entzücken, mit dem der Tiger das Blut leckt, das ihm an der Schnauze klebt; er kam und holte sich die Beweise oft genug – es vergingen kaum zwei Tage, ohne daß er sich in der Rue Joubert gezeigt hätte. Der Bursche besaß damals gegen achtzehnhunderttausend Franken, die Vermögensfrage dürfte also bei ihm keine Rolle gespielt haben; aber er widerstand nicht nur Malvina selber, sondern auch den Baronen von Nucingen und von Rastignac, die ihn wohl täglich fünfundsiebzig Meilen durch das Labyrinth ihrer Netze jagten, die sie ausgelegt, um ihn einzufangen. Godefroid konnte sich nicht enthalten, seiner zukünftigen Schwägerin Vorhaltungen zu machen, in welch lächerlicher Lage sie sich da befinde – zwischen dem Bankier und dem Anwalt. ›Sie wollen mir wegen Ferdinand eine Predigt halten,‹ sagte sie in schöner Offenheit, ›möchten das Geheimnis kennen lernen, das zwischen uns besteht? Lieber Godefroid, kommen Sie nie wieder darauf zurück! Die Geburt Ferdinands, seine Ahnen, sein Vermögen schließen es aus, daß ... Nehmen Sie also einen Ausnahmefall an!‹ Einige Tage später aber nahm Malvina Beaudenord beiseite und sagte zu ihm: ›Ich halte Desroches für keinen anständigen Menschen‹ (wie scharf ist doch der Instinkt der Liebe!), ›er bewirbt sich um mich und macht dabei der Tochter eines Drogisten den Hof. Ich wüßte gern, ob ich gewissermaßen sein Notnagel bin, ob die Ehe für ihn eine Geldangelegenheit ist.‹ Trotz seiner Geriebenheit konnte Desroches du Tillet nicht durchschauen, und er fürchtete, dieser werde Malvina heiraten. So hatte der gute Junge sich einen Rückzug offen gehalten; seine Lage war unerträglich, er brachte kaum die Zinsen seiner Schuld auf. Die Weiber verstehen nichts von diesen Dingen. Das Herz ist für sie immer Millionär!«

»Da aber weder Desroches noch du Tillet Malvina geheiratet haben, so bist du uns die Erklärung für Ferdinands Geheimnis schuldig,« sagte Finot. »Also das Geheimnis!« erwiderte Bissiou. »Allgemeine Regel: ein junges Mädchen, das ein einziges Mal einem Manne seinen Schuh gegeben, wird, und wenn sie ihn auch für die Folge zehn Jahre lang verweigerte, niemals von dem geheiratet, der ...« »Dummheit!« fiel ihm Blondet ins Wort, »man liebt geradeso, weil man schon geliebt hat. Das ganze Geheimnis ist so! Allgemeine Regel: Heiratet nicht als Unteroffizier, wenn ihr Gelegenheit habt, Herzog von Danzig und Marschall von Frankreich zu werden! Seht doch, welche Verbindung du Tillet eingegangen ist! Er hat eine der Töchter des Grafen von Granville geheiratet, und die Granville sind eine der ältesten Familien in der französischen Beamtenwelt,« »Desroches' Mutter hatte eine Freundin,« fuhr Bixiou fort, »die Frau eines Drogisten, der sich mit einem fetten Vermögen in den Ruhestand begeben hatte. Diese Drogisten haben recht abgeschmackte Ideen: um seiner Tochter eine gute Erziehung zu geben, hatte er sie in ein Pensionat getan! Besagter Matifat gedachte seine Tochter gut zu verheiraten, und zwar mit Hilfe von zweihunderttausend Franken in gutem Gelde, das nicht nach den väterlichen Spezereien duftete.« »Der Matifat von Florine?« fragte Blondet. »Nun ja, von Lousteau, unser Matifat! Die Matifat, die jetzt für uns verloren sind, hatten sich in der Rue du Cherche-Midi niedergelassen, in dem der Rue des Lombards, wo sie ihr Vermögen erworben, entgegengesetzten Stadtteil. Ich habe die Matifat oft besucht! Während meines ministeriellen Galeerendienstes, wo ich acht Stunden am Tag mit Tröpfen von zweiundzwanzig Karat zusammengepfercht saß, habe ich Originale getroffen, die mir die Überzeugung beibrachten, wie nützlich dieser und jener seinem Mitmenschen werden kann. Mutter Desroches hatte diese Ehe für ihren Sohn von langer Hand vorbereitet, ungeachtet eines bedenklichen Hindernisses in Gestalt eines gewissen Cochin, Sohn des stillen Teilhabers der Matifat und Beamter im Finanzministerium. In den Augen von Herrn und Frau Matifat schien der Advokatenberuf ›für das Glück der Tochter gewisse Garantien zu bieten‹, so sagten sie wörtlich. Desroches hatte sich für die Pläne seiner Mutter hergegeben, well er einen Notnagel brauchte. Er umkreiste also die Drogistenfamilie aus der Rue du Cherche-Midi. Um euch eine andere Art von Glück begreiflich zu machen, müßte man euch diese beiden alten Handelsleute zeichnen, wie sie da beseligt ihres kleinen Gartens pflegten, eine hübsche Parterrewohnung innehatten und sich an einem Springbrunnen ergötzten, dessen ährendünner Wasserstrahl beständig auf und ab stieg inmitten eines Kalksteinbeckens von sechs Fuß Durchmesser, wie sie frühzeitig aufstanden, um zu sehen, ob die Blumen im Garten sproßten, arbeitslos und rastlos sich an- und umkleideten, sich im Theater langweilten und immer zwischen Paris und Luzarches hin und her pendelten; denn hier besaßen sie ein Landhaus, in dem auch ich sie besucht habe. Hör zu, Blondet! Eines Tages wollten sie mich aufziehen, ich sollte ihnen was erzählen. Da tischte ich ihnen denn einen Rattenkönig von Abenteuern auf, von abends neun Uhr bis Mitternacht! Ich war gerade bei der Einführung meiner neunzehnten Person (die Feuilleton-Romanschreiber könnten von mir lernen!), als Vater Matifat, der sich als Hausherr verpflichtet gefühlt, Haltung zu bewahren, gleich den andern in Schnarchen verfiel. Am andern Tag haben sie mich alle zu der hübschen Schlußpointe meiner Geschichte beglückwünscht. Unsere Drogisten hatten zum Verkehr Herrn und Frau Cochin, Adolph Cochin, Frau Desroches und einen gewissen Popinot, Drogistenlehrling, der ihnen die Neuigkeiten aus der Rue des Lombards brachte – übrigens ein Bekannter von dir, Finot! – Frau Matifat, die für Kunst etwas übrig hatte, kaufte Lithographien, farbige Steindrucke, kolorierte Zeichnungen, alles derartige, was billig zu haben war. Herr Matifat unterhielt sich damit, alle neuen Unternehmungen zu prüfen und zu verfolgen und ein wenig zu spekulieren, um das Blut etwas in Bewegung zu bringen. Mit einem Wort kann ich euch meinen Matifat vor Augen stellen. Der Gute wünschte seinen Nichten auf folgende Weise gute Nacht: ›Geht schlafen, meine Nichten!‹ Er sagte, er fürchte sie zu beleidigen, falls er sie ›Sie‹ nenne. Ihre Tochter war ein ungebildetes junges Mädchen, die aussah wie eine bessere Kammerzofe; sie konnte schlecht und recht eine Sonate herunterspielen, hatte eine niedliche Handschrift, beherrschte ihre Muttersprache und auch die Orthographie, kurzum, sie hatte eine echt bürgerliche Erziehung genossen. Sie war voller Ungeduld, sich zu verheiraten, um das Vaterhaus verlassen zu können, in dem sie sich langweilte wie ein Marineoffizier auf der Nachtwache; ihre Wache aber dauerte den ganzen Tag. Desroches oder Cochin Sohn, ein Notar oder ein Gardeoffizier, ja selbst ein falscher Lord – jeder wäre ihr als Gatte recht gewesen. Da sie ersichtlich nichts vom Leben wußte, hatte ich Mitleid mit ihr und wollte ihr das große Geheimnis offenbaren. Pah! die Matifat haben mir ihre Tür verschlossen: die Spießbürger und ich – wir werden uns niemals verstehen!«»Sie hat den General Gouraud geheiratet,« sagte Finot. »In achtundvierzig Stunden hatte Godefroid von Beaudenord, der Exdiplomat, die Matifat und ihre Ränke durchschaut,« fuhr Bixiou fort. »Zufällig befand sich einmal Rastignac zum Plaudern bei der kleinen Baronin; er saß behaglich beim Kamin, mährend Godefroid Malvina Bericht erstattete. Aus ein paar Worten, die gelegentlich an sein Ohr schlugen, erriet er, um was es sich handle, besonders auch an Malvinas befriedigter Miene. Rastignac, den man einen Egoisten nennt, blieb bis zwei Uhr morgens dort. Beaudenord ging, als die Baronin sich schlafen legte. ›Liebes Kind,‹ wandte Rastignac sich an Malvina, und er sprach in biederm, väterlichem Tone, ›ich armer Junge bin trotz meiner großen Schläfrigkeit bis zwei Uhr hier sitzen geblieben, nur um Ihnen den Rat ans Herz zu legen: Heiraten Sie! Spielen Sie nicht die Empfindliche, lassen Sie überhaupt Ihre Gefühle beiseite und seien Sie nachsichtig gegen die unedle, berechnende Art der Männer, die einen Fuß hier und einen bei der Matifat haben, denken Sie an nichts: Heiraten Sie! Wenn ein junges Mädchen heiratet, so hat es jemanden gefunden, der ihm ein mehr oder weniger glückliches Leben bietet, jedenfalls aber sie materiell versorgt. Ich kenne die Welt: junge Mädchen, Mütter und Großmütter, alle wissen sie zu heucheln und das Gefühl beiseitezusetzen, wenn es sich um eine Heirat handelt. Keine denkt an etwas anderes als eine angenehme gesellschaftliche Stellung. Hat sie ihre Tochter gut verheiratet, so sagt jede Mutter, sie habe ein ausgezeichnetes Geschäft gemacht.‹ Und Rastignac entwickelte ihr seine Theorie über die Ehe, die er eine Handelsgesellschaft, gegründet um das Leben erträglich zu machen, nannte. ›Ich verlange nicht, Ihr Herzensgeheimnis zu erfahren,‹ schloß er seinen Vortrag, ›ich kenne es. Die Männer sagen einander alles, gerade wie ihr Frauen, wenn ihr nach dem Diner eure Besuche macht. Hier also mein letztes Wort: Heiraten Sie! Wenn Sie nicht heiraten, so denken Sie daran, wie ich Sie heute abend hier beschworen habe, es zu tun!‹ Rastignac betonte seine Worte so bedeutungsvoll, daß sie zum Nachdenken anregten. Seine Eindringlichkeit hatte etwas Verwunderliches. Rastignacs Rede hatte Malvina gerade da gepackt, wo er es gewollt; ihr Verstand horchte auf, und noch andern Tags dachte sie über seine Worte nach und suchte vergeblich die Gründe für diesen wohlmeinenden Rat.«

»Du läßt immer wieder einen neuen Kreisel vor unseren Augen tanzen, aber ich sehe darin nichts, was mit dem Ursprung von Rastignacs Vermögen etwas zu tun hätte; du behandelst uns als Matifats und kostest uns schon sechs Flaschen Champagner!« rief Couture. »Jetzt sind wir so weit,« erwiderte Bixiou. »Ihr habt den Lauf all der kleinen Bächlein verfolgt, die die vierzigtausend Livres Rente tragen, um die so viele Leute ihn beneiden. Rastignac hielt also die Fäden aller dieser Schicksale in Händen.« »Desroches, die Matifat, Beaudenord, die d'Aldrigger; d'Aiglemont?« »Und hundert andere! ...« sagte Bixiou, »Laß sehen, wieso?« fragte Finot. »Ich weiß gar manches, aber dieses Rätsels Auflösung kenne ich nicht.«

»Blondet hat euch in großen Zügen die zwei ersten Liquidationen Nucingens genannt, hier jetzt ausführlich die dritte,« entgegnete Bixiou. »Seit dem Frieden von 1815 hatte Nucingen begriffen, was wir erst heute wissen: daß Geld erst dann eine Macht ist, wenn es in unbegrenzten Mengen vorhanden ist. Er beneidete insgeheim die Brüder Rothschild. Er besaß fünf Millionen, er wollte zehn besitzen! Mit zehn Millionen hätte er es verstanden, dreißig zu gewinnen, mit fünf aber würde er es nur auf fünfzehn bringen. Er hatte also beschlossen, eine dritte Liquidation in Szene zu setzen. Der große Mann gedachte, das Geld seiner Gläubiger zu behalten und sie mit künstlich in die Höhe getriebenen Papieren abzufinden. An der

Börse wird ein derartiger Einfall natürlich nicht so klar bezeichnet. Eine solche Liquidation besteht darin, den großen Kindern für einen Louisdor eine kleine Pastete zu verabreichen, wie dieselben Leute als Kinder für ihr Geldstück eine Pastete haben wollten, ohne zu wissen, daß sie für dasselbe Geldstück zweihundert hätten bekommen können.«»Was redest du da, Bixiou?« rief Couture, »aber nichts ist doch redlicher als das! Es vergeht heutzutage keine Woche, ohne daß man der Menge eine Pastete anbietet und einen Louis dafür verlangt. Ja, ist denn die Menge gezwungen, ihr Geld herzugeben? Hat sie nicht das Recht, sich Klarheit zu verschaffen?«, »Also«, fuhr Bixiou fort, »Nucingen hatte zweimal, ohne es zu wollen, das Glück gehabt, eine Pastete zu verabreichen, die sich später als wertvoller erwies als der dafür gezahlte Preis. Dieser empörende Glücksfall reute ihn. Derartige Glücksfälle vermögen einen Menschen umzubringen. Seit zehn Jahren wartete er auf die Gelegenheit, den Irrtum wieder gutzumachen, Aktien zu schaffen, die anscheinend etwas wert seien und die ...«»Ja, wenn du das Bankwesen so darstellst,« sagte Couture, »so ist überhaupt jedes Geschäft unmöglich. Mehr als ein redlicher Bankier hat im Einverständnis mit einer redlichen Regierung die schlauesten Börsianer dahin gebracht, Aktien zu kaufen, die in gegebener Zeit wertlos befunden wurden. Ihr habt schon anderes gesehen! Hat man nicht mit Einverständnis, ja Unterstützung der Regierungen Werte in Umlauf gesetzt, um die Zinsen gewisser Summen aufzubringen, um den Kurs auf diese Weise zu halten und die Papiere los zu werden? Diese Maßnahmen haben mehr oder weniger Ähnlichkeit mit der Liquidation *à la* Nucingen.« »Im kleinen«, sagte Blondet, »kann die Sache seltsam scheinen; im großen betrieben ist sie hohe Politik. Es gibt willkürliche Handlungen, die beim einzelnen strafbar sind, die aber nichts bedeuten, sobald sie auf eine Mehrheit ausgedehnt sind, gleichwie ein Tropfen Blausäure in einem Wasserkübel unschädlich ist. Ihr tötet einen Menschen, man richtet euch hin; der Staat aber tötet aus irgendeiner Überzeugung heraus fünfhundert Menschen – man achtet das politische Verbrechen. Ihr nehmt aus meinem Schreibtisch fünftausend Franken, man schickt euch ins Bagno; schmiert ihr aber tausend Bankiers geschickt den Honig irgendeines Gewinnes ums Maul, so zwingt ihr sie, die Papiere von ich weiß nicht welcher verkrachten Republik oder Monarchie zu nehmen, Papiere, die, wie Couture sagte, ausgeworfen wurden, um die Zinsen ebendieser Papiere zu bezahlen: niemand kann sich beklagen. Da habt ihr die wahren Grundsätze des goldenen Zeitalters, in dem wir leben!«

»Das In-Gang-bringen eines so ausgedehnten Apparates«, fuhr Bixiou fort, »verlangte eine Menge Hanswurste. Zunächst denn jede Liquidation muß begründet sein – hatte das Bankhaus Nucingen mit Absicht und Vorbedacht seine fünf Millionen bei irgendeinem amerikanischen Unternehmen angelegt, das, wie man weise berechnet hatte, erst viel später einen Gewinn abwarf. Man hatte sich also absichtlich seiner Barmittel entblößt. Das Bankhaus besaß an Privatgeldern und emittierten Werten etwa sechs Millionen. Unter den Privatgeldern befanden sich die dreihunderttausend Franken der Baronin d'Aldrigger, die vierhunderttausend von Beaudenord, eine Million von d'Aiglemont, dreihunderttausend Franken von Matifat, eine halbe Million von Charles Grandet, dem Gatten des Fräuleins d'Aubrion, usw. Wenn er selbst ein industrielles Aktienunternehmen gründete, mit dessen Aktien er seine Gläubiger durch mehr oder minder geschickte Schachzüge abzufinden gedachte, so hätte Nucingen durchschaut werden können; aber er fing die Sache schlauer an: er ließ einen andern den Gründer spielen!... Nucingens Hauptstärke ist, die geschicktesten Leute am Platze seinen Plänen dienstbar zu machen, doch ohne sie ihnen kundzutun. Nucingen ließ also vor du Tillet die glänzende Idee verlauten, ein Aktienunternehmen zu gründen, dessen Kapital bedeutend genug sei, um den Aktionären in der ersten Zeit sehr hohe Zinsen einzubringen. Wenn man diese Papiere gerade dann auf den Markt würfe, wenn flüssiges Kapital im Überfluß vorhanden, so würde für die Aktien eine Hausse erfolgen und damit selbstredend auch eine gute Einnahme für den Bankier, der sie emittierte. Bedenkt, es war im Jahre 1826! Obgleich dieser ebenso geniale wie einträgliche Plan du Tillet reizte, so sagte er sich dennoch, daß es, falls das Unternehmen fehlschlüge, auch einen Reinfall geben mußte. Er beschloß also, der neuen Handelsmaschine einen weithin sichtbaren Leiter zu geben. Heute kennt ihr alle das Geheimnis des Hauses Claparon, das – eine seiner schönsten Erfindungen – von du Tillet gegründet wurde! ...«

»Ja,« sagte Blondet, »der verantwortliche Herausgeber der Finanzen, der ›Spitzel‹ und Prügelknabe in einer Person; heute aber sind wir noch gewitzigter, wir schreiben: Man wende sich an den ›Verwaltungsausschuß‹, Straße ..., Nummer ..., dort findet dann das Publikum würdige Beamte in grünen Mützen und ist befriedigt.« »Nucingen hatte das Haus Charles Claparon mit all seinem Kredit gestützt,« fuhr Bixiou fort. »Man konnte stets unbesorgt eine Million Papiere Claparon auf den Markt werfen. Du Tillet schlug also vor, sein Bankhaus Claparon vorzuschieben. Einverstanden! 1825 waren die Aktionäre noch nicht von gewerblichen Einfällen geplagt. Der ›tägliche Umsatz‹ war ihnen unbekannt! Die Geschäftsführer verpflichteten sich nicht, ihre wohltätigen Aktien nicht in Umsatz zu bringen, sie hinterlegten nichts bei der Bank und gaben keinerlei Garantie. Man wagte nicht, die Kommanditgesellschaft anzupreisen, indem man dem Aktionär nahelegte, daß man die Güte habe, nicht mehr als tausend oder fünfhundert oder gar nur zweihundert Franken von ihm zu fordern! Man veröffentlichte nicht, daß der Versuch in ›aere publico‹ nur sieben oder fünf oder gar drei Jahre dauern und die Auflösung darum nicht lange auf sich warten lassen werde. Die Kunst steckte noch in den Kinderschuhen! Man hatte nicht einmal die Öffentlichkeit durch jene Riesenanzeigen anzulocken gesucht, mit denen man die Phantasie reizt und aller Welt Geld abverlangt ...«»Das geschieht, wenn keiner etwas hergeben will,« sagte Couture. »Kurzum, in dieser Art Unternehmungen herrschte noch nicht die Konkurrenz von heute,« fuhr Bixiou fort. »Die Papp- und Kattunfabrikanten, die Bleigießer, die Theater und die Zeitungen rauften sich nicht um die Aktionäre wie gierige Hunde um einen Knochen. Die netten, so harmlos angezeigten Aktien gingen nur ganz verschämt in den stillsten Winkeln der Börse. Sie gingen piano, piano infolge flüchtiger, von Ohr zu Ohr geflüsterter Bemerkungen über die gute, sichere Sache. Sie fingen den Aktionär nur so nebenbei – zu Hause, an der Börse oder in Gesellschaft – durch das geschickt in die Welt gesetzte Gerede, das sachte anwuchs zu einem Tutti einer vierstelligen Zahl im Kurszettel ...«

»Wir sind zwar unter uns und brauchen kein Blatt vor den Mund zu nehmen,« sagte Couture, »trotzdem möchte ich auf das eben Gesagte noch zurückkommen.« »Man merkt die Absicht und wird verstimmt!« sagte Finot. »Finot kommt immer klassisch,« bemerkte Blondet. »Ja, ich bin verstimmt,« nahm Couture wieder das Wort. »Ich behaupte, daß die neue Methode bedeutend weniger heimtückisch, weniger mörderisch ist als die alte, vielmehr ehrlich und bieder. Die öffentlichen Kundmachungen gestatten ein Prüfen und Überlegen. Wird ein Aktionär gewonnen, so ist er aus freien Stücken gekommen, man hat ihm nicht die Katze im Sack verkauft. Die Industrie ...« »Hallo, da hätten wir ja die Industrie!« rief Bixiou. »Die Industrie gewinnt dabei,« fuhr Couture fort, ohne den Einwurf zu beachten. »Der Staat, der sich in die Handelsgeschäfte einmischt und ihnen keine freie Entwicklung gönnt, begeht eine kostspielige Dummheit: das führt stets zu unerhörten Preissteigerungen oder zum Monopol. Nach meinem Dafürhalten gibt es nichts den Grundsätzen der Handelsfreiheit Entsprechenderes, als eben die Aktiengesellschaften! Daran rühren, hieße eine unverantwortliche Eselei begehen. Bei jedem Geschäft steht der Gewinn im entsprechenden Verhältnis zum Einsatz! Was geht es den Staat an, auf welche Weise das Geld ins Rollen kommt; wenn es nur in beständiger Bewegung bleibt. Was bedeutet es, daß dieser reich und jener arm ist; wenn nur stets die gleiche Anzahl Steuerpflichtiger vorhanden ist. Übrigens sind es nun zwanzig Jahre, daß die Aktien-, die Kommanditgesellschaften im handelstüchtigsten Lande der Welt üblich sind – in England, wo alles angefochten wird, wo die Parlamente in jeder Session zwölfhundert Gesetze ausbrüten, und wo sich dennoch niemals ein Mitglied des Parlaments erhoben hat, um gegen die Methode ...« »Die Heilmethode der vollen Kassen loszuziehen,« sagte Bixiou; »jaja, die Engländer sind große Freunde von Gemüse, von Karotten[5] besonders!« »Laßt sehen!« rief Couture entflammt. »Ihr habt zehntausend Franken, ihr kauft dafür zehn Aktien von zehn verschiedenen Unternehmen. Ihr seid neunmal hereingefallen ... (Das gibts übrigens nicht, denn das Publikum ist schlau und vorsichtig, aber ich nehme es also an!) Nun seht, der Spieler, der seine Massen so klug zu verteilen verstand, trifft unerwarteterweise auf eine ganz prächtige Anlage, wie es allen denen erging, die Wortschiner Minenaktien kauften. Gestehen wir es uns doch ein, Freunde: die Leute, die sich beklagen, sind Heuchler, die sich ärgern, weil sie weder einen günstigen Einfall haben, noch die Gabe, ihn in Szene zu setzen, noch die Geschicklichkeit, ihn auszubeuten. Der Beweis wird nicht auf sich warten lassen. Über kurz werdet ihr die Aristokratie, die Hofleute und Minister in geschlossenen Kolonnen

---

[5] Unübersetzbares Wortspiel: ›Karotte‹ heißt im Französischen nicht nur ›Mohrrübe‹, sondern auch ›Prellerei‹.

herabsteigen sehen in das Lager der Spekulation, und sie werden noch krummere Finger machen und noch verrücktere Einfälle haben als wir, ohne doch unsere Erfahrung und Überlegenheit zu besitzen. Welch ein Kopf gehört dazu, um in einer Zelt, da die Habsucht der Aktionäre der der Gründer gleichkommt, etwas Gewinnbringendes zu erfinden und durchzuführen! Welch eine suggestive Macht muß doch der Mann besitzen, der einen Claparon ›hochbringt‹ und immer neuen Rat weiß! Wollt ihr die Moral von alledem wissen? Unsere Zeit ist nicht mehr wert als wir selber! Wir leben in einer habgierigen Zeit, in der man dem Wert der Dinge nicht nachfragt, wenn man nur dabei etwas gewinnen kann!«»Der Couture ist prächtig, wirklich prächtig!« sagte Bixiou zu Blondet; »er wird noch verlangen, daß man ihm, als dem Wohltäter der Menschheit, ein Denkmal setzt.«»Man müßte ihn dahin bringen, den Schluß zu ziehen, daß das Geld der Dummen nach göttlichem Recht das Erbteil der Geistvollen ist,« sagte Blondet. »Kinder,« fuhr Couture fort, »laßt uns hier einmal lachen über all den Ernst, mit dem wir sonst anzuhören pflegen, daß man die willkürlichsten Gesetze heilig spricht.«»Er hat recht. Welch eine Zeit, meine Freunde,« sagte Blondet, »in der das Feuer der Intelligenz, kaum daß es erscheint, sofort mittels irgendeines Gesetzes ausgelöscht wird! Die Gesetzgeber, die fast alle aus der Provinz stammen, wo sie die menschliche Gesellschaft nach den Zeitungsberichten studierten, sperren das Feuer gewaltsam in die Maschine zurück. Wenn diese dann explodiert, so gibt es Tränen und Zähneknirschen! Eine Zeit, in der es weder polizeiliche noch staatliche Gesetze gäbe! Wollt ihr den Ausspruch hören, der die Ereignisse begründet? Es ist keine Religion mehr im Staat!«»Ah!« rief Bixiou, »bravo, Blondet! Du hast den Finger in Frankreichs Wunde gelegt: das Fiskalwesen, das unserm Lande mehr Eroberungen weggenommen hat als die Plackereien des Krieges! Im Ministerium, wo ich sieben Jahre Galeerendienste tat, mit Spießbürgern an eine Bank geschmiedet, gab es einen begabten Beamten, der beschlossen hatte, das ganze Finanzsystem zu reorganisieren ... Jawohl, den haben wir schön vor die Tür gesetzt! Frankreich wäre zu glücklich geworden, es hätte sich erdreistet, Europa zurückzuerobern, und wir sorgten für die Ruhe der Nationen. Ich brachte Rabourdie durch eine Karikatur um!« (Siehe ›Der Beamte‹!) »Wenn ich das Wort ›Religion‹ anwende, so meine ich damit nicht die Frömmelei, sondern hohe Politik,« ergänzte Blondet, »Sprich deutlicher!« sagte Finot.

»Also«, fuhr Blondet fort, »die Affäre von Lyon, die Kanonade in den Straßen der Republik, ist viel besprochen worden, keiner sagte die Wahrheit. Die Republik hatte sich des Aufruhrs bemächtigt, wie ein Aufständischer eines Gewehrs, Ich will euch die Wahrheit erzählen. Der Lyoner Handel ist ein Handel ohne Seele, der keine Elle Seide herstellt, ohne daß sie ausdrücklich bestellt und ihre Bezahlung gesichert ist. Bleibt die Bestellung aus, so stirbt der Arbeiter Hungers, verdient er doch bei der Arbeit kaum den Lebensunterhalt; die Sträflinge sind glücklicher daran als er. Nach der Julirevolution erreichte das Elend den Höhegrad, daß die Seidenarbeiter die Flagge hißten: ›Brot oder Tod!‹ ein Aufruf, der den Staat zum Nachdenken hätte bringen können, denn die Kostspieligkeit des Lebens in Lyon hatte ihn veranlaßt. Lyon will Theater erbauen und Großstadt werden, daher die unsinnigen Steuern. Die Republikaner haben diesen Hungeraufstand vorausgeahnt, und sie haben die Seidenarbeiter organisiert. Lyon hatte seine drei Tage, aber alles kam wieder in Ordnung und der Arbeiter in sein Kerkerloch. Der bis dahin redliche Arbeiter aber, der die Seide, die man ihm in Gebinden zuwog, als Gewebe zurückgab, setzte von nun ab die Redlichkeit beiseite, denn er hatte erkannt, daß die Kaufherren ihn ausbeuteten. Er netzte seine Finger mit Öl, und der französische Seidenmarkt war von fettigen Stoffen überschwemmt, was den Sturz Lyons und überhaupt des ganzen französischen Seidenhandels hätte herbeiführen können. Statt daß nun die Fabrikanten und die Regierung die Ursache des Übels abschafften, machten sie es wie gewisse schlechte Ärzte und sorgten, daß die Sache wieder nach innen schlug! Man hätte einen geeigneten Mann nach Lyon entsenden müssen, einen jener Leute, die man unmoralisch nennt, einen Abbé Terray, aber man nahm die Sache von der militärischen Seite! Infolge der Wirren kam Neapolitaner Seide auf den Markt, die Elle zu vierzig Sous. Diese Neapolitaner Seiden sind, man darf es sagen, heute verkauft, und die Fabrikanten haben natürlich irgendeine Kontrolle eingeführt. Eine derartige Fabrikationsweise durfte sich in einem Lande ereignen, das einen Richard Lenoir, einen der bedeutendsten Männer, die Frankreich besessen, sein eigen nannte. Dieser Mann richtete sich zugrunde, aus Ehrgeiz, sechstausend Arbeitern, auch ohne ausdrückliche Bestellungen, Arbeit und Nahrung zu verschaffen; und gerade er wußte Ministern zu begegnen, die dumm genug waren, ihn 1814, bei dem Umsturz in den Gewebepreisen, untergehen zu lassen. Da habt ihr den einzigen Fall, wo ein Kaufmann ein Denkmal verdient hätte. Nun, der Mann ist heute Gegenstand einer Subskription ohne Subskribenten, obschon man für die Kinder des Generals Foy eine Million gespendet hat. Lyon ist konsequent: es kennt Frankreich und weiß, daß es kein religiöses Empfinden, keine Gewissenhaftigkeit hat. Die Geschichte Richard Lenoirs ist ein Fehler, den Fouché für schlimmer als ein Verbrechen bezeichnen würde.« »Mag sein, daß es lm Geschäftsleben scheinbar viel Schwindeleien gibt,« nahm Couture die Rede da wieder auf, wo er vor der Unterbrechung stehen geblieben war, »doch frage ich, wo beginnt eigentlich der Schwindel und wo hört er auf; was ist überhaupt Schwindel? Ein Wort, das stets zwischen Recht und Unrecht die Grenze hält und bald hier-, bald dorthin schwankt. Tut mir die Liebe und nennt mir einen, der kein Schwindler ist! Zeigt doch ein wenig guten Willen! Ein Handel, der des Nachts suchen gehen wollte, was er bei Tage verkauft, wäre ein Unsinn. Selbst ein Streichholzhändler hat Wucherinstinkte. Eine möglichst hohe Einnahme! Das ist die Sehnsucht sowohl des als tugendhaft verschrieenen Krämers aus der Rue Saint-Denis wie auch des ›frechen‹ Spekulanten. Sind die Lager voll, so ist es nötig, zu verkaufen. Um zu verkaufen, muß man den Kunden einheizen; daher im Mittelalter das Firmenschild und heute der Prospekt! Auch solche marktschreierischen Aufforderungen üben einen gewissen Zwang aus. Es kann, ja es muß zuweilen vorkommen, daß der Kaufmann verdorbene Waren erhält, denn der Verkäufer übervorteilt den Wiederverkäufer, soviel er kann. Nun, wendet euch an die achtbarsten Leute von Paris, an die Spitzen der Kaufmannschaft ..., sie alle werden euch triumphierend die List erzählen, mit der sie ihre schlecht eingekaufte Ware in Umlauf setzen. Die bekannte Firma Minard machte mit derartigen Verkäufen den Anfang. Die allerehrbarsten Kaufleute werden mit der ehrlichsten Miene den Ausspruch frechster Unredlichkeit tun: ›Aus einem schlechten Handel zieht man sich heraus, so gut es eben geht.‹ Blondet hat euch die Ereignisse in Lyon in ihren Ursachen und Folgen geschildert; ich werde die Anwendung meiner Theorie mit einer Anekdote beweisen. Ein mit einer geliebten Frau und vielen Kindern gesegneter Wollarbeiter glaubt an die

Republik. Mein Mann kauft also rote Wolle und verfertigt gestrickte Mützen, die ihr wohl auf den Köpfen sämtlicher Pariser Gassenjungen gesehen habt; nun hört, wie das gekommen. Die Republik ist abgetan. Nach der Affäre von Saint-Merri waren die Mützen unverkäuflich. Wenn ein Arbeiter sich in seinem Haushalt von Weib, Kindern und zehntausend roten Wollmützen umgeben sieht, die ihm kein Hutmacher von beiden Ufern der Seine abnehmen will, so gehen ihm ebensoviel Gedanken durch den Kopf wie einem Bankier, der in einer faulen Sache zehn Millionen Aktien unterzubringen hat. Wißt ihr, was unser Arbeiter, unser Law[6] der Vorstadt, unser Nucingen der Mützen, tut? Er suchte einen Kneipbruder auf, so einen Witzbold, der bei den öffentlichen Tanzgelegenheiten und Schaustücken der Schrecken der Schutzleute ist, und bat ihn, die Rolle eines Ramschkäufers aus Amerika, wohnhaft Hotel Maurice, zu spielen und bei einem gewissen reichen Hutmacher zehntausend rote Wollmützen zu verlangen, der in seiner Auslage nur noch eine einzige besitze. Der Hutmacher vermutet ein glänzendes Geschäft, läuft zu dem Arbeiter und versieht sich gegen Barzahlung mit sämtlichen Mützen. Ihr begreift: kein amerikanischer Ramschkäufer mehr, aber viele Mützen! Wollte man solcher ungehörigen Vorkommnisse wegen die Handelsfreiheit angreifen, so hieße das unserer Justiz den Vorwurf machen, daß es Vergehen gibt, die sie nicht ahndet. Auch an der Bank und im Aktienverkehr gibt es solche Mützengeschichten! Nun fahrt fort!«

»Couture, eine Krone!« rief Blondet aus und wand dem Redner seine Serviette ums Haupt. »Ich gehe noch weiter, meine Herren! Sind die Theorien von heute lasterhaft – wen trifft die Schuld? Das Gesetz! Das Gesetz in seiner gesamten Anlage, die Gesetzgebung! Die großen Männer aus der Provinz, die aufgeblasen von moralischen Anschauungen hierherkommen, voll weiser Gedanken, die für ihre Lebensführung unerläßlich sind, die sie aber verhindern, sich zu der Größe aufzuschwingen, wie ein Gesetzgeber sie haben sollte. Mag auch das Gesetz diese und jene Ausschweifung untersagen (z.B. das Spiel, die Lotterie, die Ninons von der Straße), die Leidenschaft an sich wird es niemals auslöschen. Die Leidenschaft töten, hieße die Gesellschaft töten, die, wenn sie erstere auch nicht

---

[6] Berüchtigter Finanzmann um 1700 in Paris.

verursacht, sie doch zur Entwicklung bringt. So hemmt man durch Vorschriften die Sucht nach dem Glücksspiel, die im Grunde allen Herzen gemeinsam ist: dem Backfisch wie dem Provinzjüngling oder dem Diplomaten; da alle Welt Geldgewinne liebt, so entwickelt sich das Spiel nun einfach in andern Bahnen. Man unterdrückt dummerweise das Lotteriespiel, aber die Köchinnen bestehlen ihre Herrschaft darum nicht weniger, sie tragen ihre Ersparnisse auf eine Sparkasse, und der Einsatz ist eben zweihundertfünfzig Franken anstatt vierzig Sous, denn die industriellen Unternehmungen, die Kommanditgesellschaften, sind nun die Lotterie, das Spiel, das zwar nicht am grünen Tisch vor sich geht, aber dennoch ein unsichtbares Glücksrad schwingt, das durch berechnetes Hinschleppen in Bewegung gehalten wird. Die Spielsäle sind geschlossen, die Lotterie besteht nicht mehr; da rufen denn die Dummköpfe, Frankreich sei moralischer geworden, als seien die Trümpfe aus der Welt geschafft! Man spielt immer, nur daß der Gewinn nun nicht mehr dem Staat gehört, der eine gern gegebene Abgabe durch eine ungern gegebene ersetzt, ohne doch den Selbstmord zu vermeiden; denn stirbt jetzt auch nicht der Spieler, so doch sein Opfer! Ich rede nicht vom Kapital, das nach dem Auslande geht und für Frankreich verloren ist, noch von den Frankfurter Lotterien, auf deren Einführung der Staat die Todesstrafe gesetzt hatte. Da habt ihr den Sinn der blöden Philanthropie der Gesetzgeber. Der Ansporn, der so den Sparkassen zuteil wird, ist eine große politische Dummheit. Gesetzt, es ereignete sich im Gang der Geschäfte irgendeine Störung, so hätte die Regierung den Sturm nach dem Gelde geschaffen, wie sie zur Zeit der Revolution den Sturm nach dem Brot gezeitigt hat. So viel Kassen, so viel Sturmlauf! In irgendeinem Winkel pflanzen drei Gassenbuben eine Fahne auf – und schon ist eine Revolution da. Aber diese Gefahr, so groß sie auch sein mag, scheint mir weniger zu fürchten, als die Demoralisierung des Volkes. Eine Sparkasse ist eine Impfanstalt, die alle von der Gewinnsucht erzeugten Laster Leuten einimpft, die weder durch Erziehung noch durch Vernunft von ihren unbewußt verbrecherischen Berechnungen zurückgehalten werden. Das sind die Wirkungen der Philanthropie. Ein großer Politiker muß in seiner Art ein Schurke sein, andernfalls wird das Gemeinwesen schlecht geleitet. Ein ehrenhafter Politiker wäre einem Lotsen vergleichbar, der, die Hand am Steuerrad, einer Dame die Cour schneidet: das Schiff ginge daran zugrunde! Ist nicht ein

Ministerpräsident, der hundert Millionen beiseitebringt und Frankreich groß und glücklich macht, einem auf das Staatsgehalt angewiesenen Minister, der sein Vaterland zugrunde richtet, vorzuziehen? Könnte euch wirklich die Wahl schwerer fallen zwischen einem Richelieu, Mazarin, Potemkin, von denen jeder sich zu seiner Zeit mit dreihundert Millionen zu bereichern wußte, und dem tugendsamen Robert Lindet, der weder aus den Assignaten noch aus den Nationalgütern Nutzen zu ziehen wußte? – Erzähle weiter, Bixiou!«

»Ich werde euch die Art des Unternehmens, das Nucingens Genie erfunden, nicht näher beschreiben,« entgegnete Bixiou; »es wäre um so unangebrachter, als es noch heute besteht; seine Aktien notieren an der Börse. Die Berechnungen waren so sicher, das ganze Unternehmen so lebenskräftig, daß die Aktien, die mit dem Nennwert von tausend Franken ausgegeben, durch königliche Verordnung eingesetzt, auf dreihundert Franken herabgesunken waren, wieder auf siebenhundert hinaufstiegen, und nachdem sie die Stürme der Jahre 1827, 1830 und 1832 überstanden, bis pari kamen. Die finanzielle Krise von 1827 ließ sie im Wert sinken, die Julirevolution drückte sie ganz nieder, aber die Sache hatte Lebenskraft (Nucingen könnte gar nicht auf eine schlechte Idee kommen). Kurz, da mehrere erste Bankhäuser sich daran beteiligt haben, wäre es unparlamentarisch, auf weitere Einzelheiten einzugehen. Der Nennwert des Kapitals war zehn Millionen, der reale sieben, drei Millionen gehörten den Gründern und den mit der Emission der Aktien beauftragten Banken. Alles war so berechnet, daß die Aktie in den ersten sechs Monaten durch Verteilung einer hohen Scheindividende zweihundert Franken Gewinn brachte; zehn Millionen brachten also zwanzig Prozent. Die Zinsen, die du Tillet einheimste, betrugen fünfhunderttausend Franken. Nucingen beabsichtigte, mit seiner aus einer Handvoll rosa Papier mit Hilfe eines lithographischen Steines hergestellten Million hübsche kleine, leicht anzubringende Anteilscheine zu machen, die er sorgsam in seinem Geldschrank aufbewahrte. Diese reellen Aktien sollten dazu dienen, das Geschäft zu begründen, ein prächtiges Haus zu erbauen und die Tätigkeit zu beginnen. Nucingen beschaffte sich noch Aktien von ich weiß nicht welchen Bleigruben und Steinkohlenbergwerken und von zwei Kanalbauten, Vorzugsaktien, die ausgegeben wurden, um diese vier

Unternehmungen mit voller Kraft ins Werk zu setzen; sehr hohe und gesuchte Aktien, deren Dividende vom Kapital genommen wurde. Nucingen konnte, wenn die Aktien stiegen, auf ein Agio rechnen; aber der Baron ließ das in seinen Kalkulationen außer acht. Er hatte also seine Kapitalien in geschlossenen Massen aufgestellt, wie Napoleon seine Truppen, um während der drohenden Krise, die in den Jahren 1826 und 1827 den europäischen Markt befiel, zu liquidieren. Aber er hatte keinen Vertrauten, denn du Tillet sollte ihm nicht in die Karten blicken. Die beiden ersten Liquidationen hatten unserm großen Baron gezeigt, wie nötig er es hatte, einen ergebenen Menschen zu finden, der bei den Gläubigern für ihn eintrat. Nucingen hatte keinen Neffen, keinen Vertrauten; er bedurfte eines intelligenten, wohlerzogenen Claparon, eines wahren Diplomaten, eines Mannes, der es wert war, Minister und sein Freund zu werden. Solche Beziehungen knüpfen sich nicht in einem Tag, auch nicht in einem Jahr. Rastignac wurde also damals von dem Baron so eifrig umworben, daß er, der sich von ihm und ihr geliebt sah, vermeinte, in Nucingen einen großen Esel gefunden zu haben. Nachdem er so zuerst über diesen Mann, dessen wahres Wesen ihm lange verborgen blieb, gelacht, endete er damit, ihm eine tiefe Hochachtung zu zollen, denn er hatte in ihm die Kraft erkannt, die er allein zu besitzen glaubte. Seit seinem ersten Auftreten in Paris war Rastignac dahin gelangt, die ganze Gesellschaft zu mißachten. Seit 1820 hatte er dieselben Anschauungen wie der Baron: er wußte, es gab nur scheinbar ehrenhafte Leute, und die große Welt erschien ihm wie die Zusammenrottung aller Verderbtheit, aller Nichtswürdigkeit. Wenn er auch hier und da den einzelnen ausnahm, so verdammte er doch die Gesamtheit: er glaubte an keine Tugend, nur an Zufälle, in denen der Mensch sich tugendhaft erwies. Diese Wissenschaft errang er sich in einem einzigen Augenblick der Erkenntnis: er erwarb sie auf der Höhe des Père-Lachaise, am Tage, als er einen armen Greis dorthin geleitet, den Vater seiner Delphine, der als ein Opfer unserer Gesellschaft, ein Opfer seines innigen Gefühlslebens, von seinen Töchtern und Schwiegersöhnen verlassen, gestorben war. Da beschloß Rastignac, der ganzen Welt zu spotten und ihr im Gewand der Tugend und Redlichkeit den Fuß auf den Nacken zu setzen. Der junge Edelmann hatte sich von Kopf bis zu Fuß mit Egoismus gewappnet. Als er nun Nucingen in gleicher Rüstung sah, achtete er ihn gerade so, wie ein mittelalterlicher Ritter beim Turnier den ebenbürtigen Gegner achtet. Eine Zeitlang allerdings verweichlichte er in den Armen der Liebe. Die Freundschaft einer Frau, wie die Baronin von Nucingen, kann einen jungen Mann wohl veranlassen, dem Egoismus abzuschwören. Nachdem Delphine in ihrer ersten Liebe, die sie dem seligen von Marsay geweiht, betrogen worden war, mußte sie natürlich dem jungen reinherzigen Provinzler Rastignac eine grenzenlose Hingabe entgegenbringen. Diese Zärtlichkeit rührte Rastignac. Als Nucingen dem Freunde seiner Frau das Zaumzeug übergestreift, das jeder Ausbeuter seinem Opfer anlegt, was übrigens genau zur selben Zeit geschah, als er seine dritte Liquidation ins Auge faßte, bekannte er ihm seine Lage, indem er ihn darauf hinwies, daß er, gewissermaßen als Entgelt für seine Vertraulichkeiten, die Rolle des Genossen zu übernehmen habe. Der Baron hielt es für gefährlich, seinen ehelichen Mitarbeiter in seinen Plan einzuweihen. Rastignac glaubte an ein Unglück, und der Baron gönnte ihm den Glauben, daß er das Schiff noch retten könne. Doch wenn ein Strang so viele Fäden hat, gibt es leicht Knoten. Rastignac zitterte für Delphines Vermögen; er setzte vertragsmäßig eine Gütertrennung zwischen den Eheleuten fest und nahm sich selber vor, seine Rechnung mit der Baronin durch Verdreifachung ihres Vermögens ins reine zu bringen. Da Eugen für sich selber nichts verlangte, bewog ihn Nucingen dazu, im Falle eines vollen Erfolges, fünfundzwanzig Anteilscheine der Bleigruben, deren jeder auf tausend Franken lautete, anzunehmen. Um ihn nicht zu beleidigen, sagte Rastignac zu. Einen Tag, ehe unser Freund Malvina angeraten, sich zu verheiraten, war er von Nucingen für seine Zwecke zugerichtet worden. Beim Gedanken an die hundert glücklichen Familien, die da ahnungslos ihre Tage lebten, die Godefroid von Beaudenord, die d'Aldrigger, die d'Aiglemont usw., wurde Rastignac von einem Schauer ergriffen, wie er wohl einen jungen General befallen mag, der vor einer entscheidenden Schlacht zum erstenmal ein Heer vor Augen sieht. Die arme kleine Isaure und Godefroid in ihrem Liebesspiel – waren sie nicht wie Acis und Galathea unter dem Felsblock, den der plumpe Polyphem auf sie herabschleudern würde? ...«»So ein Kerl, der Bixiou,« sagte Blondet, »er hat beinahe Talent.«»So, fasele ich also nicht mehr?« sagte Bixiou und blickte sein Auditorium triumphierend an.»Seit zwei Monaten«, fuhr er nach dieser Unterbrechung fort, »überließ sich Godefroid all den kleinen Freuden eines baldigen Ehemannes. Solche

Leute sind wie Vögel im Lenz, die kommen und gehen, Strohhalme sammeln, sie im Schnabel forttragen und ihr Nest, die Heimstätte ihrer Eier, flechten. Der Zukünftige Isaures hatte in der Rue de la Planche für tausend Taler ein kleines Haus gemietet, ein gemütliches kleines Haus, das er alle Tage aufsuchte, um den Arbeitern zuzuschauen und die Farben des Anstrichs anzugeben. Er suchte hier das einzig Gute, was aus England kommt, die wahre Behaglichkeit, heimisch zu machen. Es gab einen Heizapparat, der dem ganzen Hause eine gleichmäßige Temperatur mitteilte, vornehm hübsche Möbel ohne aufdringliche Eleganz, wohltuend frische und zarte Farben, an allen Fenstern doppelte Vorhänge, Silberzeug und neues Fuhrwerk. Er hatte den Stall, die Sattelkammer, die Remisen bauen lassen, wo Toby, Joby, Paddy wie ein losgelassenes Füllen herumsprang und glücklich schien, zu wissen, daß es von nun ab im Hause Frauen und sogar eine ›Lady‹ geben sollte. Wie herzerfreuend ist der Eifer so eines Hausstandsbegründers, der Uhren und Kunstgegenstände einkauft, mit den Taschen voll Stoffproben bei seiner Zukünftigen erscheint, sie betreffs der Schlafzimmereinrichtung um Rat fragt; der, wenn er kommt und geht, aus Liebe kommt und geht – wie herzerfreuend, sage ich, ist so ein Mann für seine Mitmenschen, vor allem für die Lieferanten. Und da der Welt nichts besser gefällt, als die Heirat eines hübschen jungen Mannes von siebenundzwanzig Jahren mit einem reizenden jungen Mädchen von zwanzig, beschloß Godefroid, dem das Brautgeschenk Kopfzerbrechen machte, Rastignac nebst Frau von Nucingen zum Frühstück zu laden, um sie in dieser wichtigen Angelegenheit um Rat zu bitten. Er hatte die großartige Idee, auch seinen Vetter d'Aiglemont und Gemahlin sowie Frau von Sérizy zu laden. Die Damen von Welt haben es gern, gelegentlich einmal bei einem Junggesellen vorzusprechen zu frühstücken.« »Ja, auch die großen Mädchen gehen gern einmal hinter die Schule,« sagte Blondet. »Es galt also, Rue de la Planche das kleine Heim der zukünftigen Gatten in Augenschein zu nehmen,« fuhr Bixiou fort. »Die Frauen lieben solche kleinen Besuche, wie die Menschenfresser frisches Fleisch; sie ergötzen sich an dieser jungen Freude, die noch nicht am Genusse welkte. Die Tafel war in dem kleinen Salon gedeckt, der für diese Beerdigung des Junggesellentums geschmückt war wie ein Pferd für einen Prunkzug. Das Frühstück war in einer Auswahl bestellt, die alle die netten kleinen Dinge aufwies, welche die Frauen des

Vormittags zu beißen und zu knabbern lieben. ›Und warum ganz allein?‹ fragte Godefroid, als er Rastignac begrüßte. ›Frau von Nucingen hat Kummer, ich werde dir alles erzählen,‹ erwiderte Rastignac, der verdrießlich dreinblickte. ›Habt ihr Streit?‹ rief Godefroid. ›Nein,‹ sagte Rastignac. Als um vier Uhr die Damen ins Bois de Boulogne enteilt waren, blieb Rastignac im Salon sitzen und blickte melancholisch durchs Fenster auf Toby, Joby, Paddy, der stolz vor dem am Tilbury angeschirrten Pferde stand und mit gekreuzten Armen tiefsinnig dreinsah wie Napoleon; er konnte das Pferd nur vermittelst seiner schrillen Stimme im Zaume halten; das Pferd aber fürchtete Joby, Toby. ›Nun, was ist dir, mein Lieber?‹ sagte Godefroid zu Rastignac. ›Du bist verstimmt, unruhig; deine Heiterkeit ist gemacht. Ja, dein Glück ist nur halb, und das nagt dir am Herzen! Es ist auch wirklich traurig, mit dem Weibe, das man liebt, weder staatlich noch kirchlich getraut zu sein.‹ ›Hast du den Mut, mein Junge, anzuhören, was ich dir zu sagen habe, und wirst du verstehen, wie sehr man einem andern zugetan sein muß, um die Indiskretion zu begehen, deren ich mich jetzt schuldig machen will?‹ sagte Rastignac mit einem Tone, der wie ein Peitschenschlag erschreckte. ›Was?‹ sagte Godefroid erbleichend. ›Ich war traurig über deine Freude, und ich habe nicht den Mut, nun ich alle diese Vorbereitungen, dieses blühende Glück sehe, mein Geheimnis zu bewahren.‹ ›So sage schnell, in drei Worten, um was es sich handelt.‹ ›Schwöre mir bei deiner Ehre, daß du stumm sein willst wie das Grab!‹ ›Wie das Grab.‹ ›Daß, selbst wenn ein dir Nahestehender mit dieser Sache zu tun hätte, du sie ihm nicht verraten willst!‹ ›Nicht verraten will.‹ ›Nun also: Nucingen ist heute nacht nach Brüssel abgereist; wenn man nicht liquidieren kann, muß man zusammenpacken. Delphine hat heute morgen sogleich Gütertrennung beantragt. Du kannst dein Vermögen noch retten.‹ ›Wie?‹ fragte Godefroid, der fühlte, wie ihm das Blut in den Adern erstarrte. ›Schreibe ganz einfach dem Baron einen um vierzehn Tage zurückdatierten Brief, in dem du ihm den Auftrag gibst, alle deine Gelder in Aktien anzulegen‹ – und er nannte ihm die Firma Claparon. ›Du hast vierzehn Tage, einen – ja vielleicht drei Monate, um sie über Wert zu verkaufen, sie werden noch steigen.‹ ›Aber d'Aiglemont, der mit uns frühstückte, d'Aiglemont, der bei Nucingen eine Million hat!‹ ›Höre, ich weiß nicht, ob genug dieser Aktien vorhanden sind, um ihn zu decken, und da ich ja nicht sein Freund bin, kann ich das

Geheimnis Nucingens nicht preisgeben, du darfst ihm nichts davon sagen. Wenn du ein Wort sagst, bist du mir für die Folgen verantwortlich.‹ Godefroid blieb zehn Minuten vollständig unbeweglich. ›Nimmst du an, ja oder nein?‹ sagte Rastignac unbarmherzig, Godefroid nahm Tinte und Feder und schrieb und unterzeichnete den Brief, den Rastignac ihm diktierte. Mein armer Vetter!‹ rief er aus. ›Jeder sorge für sich,‹ sagte Rastignac, als er Godefroid verließ.

»Hört nun, welchen Anblick die Börse damals bot, als Rastignac in Paris seine Maßnahmen traf. Ich habe einen Freund aus der Provinz, einen dummen Jungen, der mich, als wir zwischen vier und fünf an der Börse vorüberkamen, fragte, weshalb die Leute so in Gruppen beisammenständen, was sie einander wohl zu sagen hätten, und was so ein Auf- und Abwandeln für einen Sinn habe, nachdem die Kurse unwiderleglich festgesetzt seien. ›Mein Freund,‹ erwiderte ich ihm, ›sie haben gespeist, und jetzt verdauen sie; währenddessen klatschen sie über den lieben Nachbar. Hier werden die großen Geschäfte eingeleitet, und es gibt Leute, Palma zum Beispiel, dessen überlegene Herrschaft der Sinards an der Königlichen Akademie der Wissenschaften gleichkommt. Er sagt: Es werde die Spekulation! ... Und die Spekulation ist gemacht.‹«

»Welch ein Mann, Freunde,« sagte Blondet, »dieser Jude, der nicht nur Universitäts-, sondern Universalbildung besitzt! Bei ihm schließt Vielseitigkeit nicht Tiefe aus; was er weiß, weiß er gründlich; und wie erfinderisch ist er in Geschäftsdingen. Er ist das große Licht, das allen Börsenspekulanten voranleuchtet, die kein Ding unternehmen, ehe Palma es geprüft hat. Er horcht, studiert, überlegt und sagt zu seinem Gegenüber, das, da es ihn so aufmerksam sieht, schon vermeint, ihn am Gängelband zu haben: ›Das paßt mir nicht.‹ Was ich am sonderbarsten finde, ist, daß er zehn Jahre lang mit Werbrust assoziiert gewesen, ohne daß sich jemals eine Wolke zwischen ihnen erhoben hätte.« »Das kann sich nur zwischen sehr starken oder sehr schwachen Menschen ereignen. Da wird jedes Vorkommnis zum Streitobjekt und zeitigt unversöhnliche Feindschaft,« sagt Couture. »Ihr begreift,« fuhr Bixiou fort, »daß Nucingen schlauerweise von geschickter Hand in die Kolonne der Börsianer eine Granate schleudern ließ, die gegen vier Uhr zum Platzen kam. ›Wissen Sie die bedenkliche Neuigkeit?‹ sagte du Tillet zu Werbrust, indem er ihn in einen Winkel zog. ›Nucingen ist in Brüssel, seine Frau hat beim Gericht eine Eingabe um Gütertrennung gemacht.‹ ›Sind Sie sein Kompagnon bei der Liquidation?‹ fragte Werbrust lächelnd. ›Keine Späße, Werbrust‹ sagte du Tillet. ›Sie kennen die Leute, die Papiere von ihm haben; hören Sie zu, wir können da ein Geschäft machen! Die Aktien unserer neuen Gesellschaft bringen zwanzig Prozent, Ende des Quartals werden sie fünfundzwanzig bringen. Sie wissen weshalb; man verteilt eine glänzende Dividende.‹ ›Pfiffikus!‹ sagte Werbrust, ›nur zu, reden Sie nur weiter! Sie sind ein Teufel mit langen, spitzen Krallen und – tauchen sie in Butter!‹ ›Aber lassen Sie mich doch ausreden, oder wir haben keine Zeit mehr zum Handeln! Soeben, als ich die Neuigkeit erfuhr, kam mir ein Gedanke, und ich habe tatsächlich Frau von Nucingen in Tränen gesehen; sie hat Angst um ihr Vermögen.‹ ›Arme Kleine!‹ sagte Werbrust ironisch. ›Nun, und?‹ fragte der elsässische Jude, als du Tillet schwieg. ›Nun – bei mir liegen tausend Aktien zu je tausend Franken, die Nucingen mir übergeben hat, damit ich sie ihm unterbringe, verstehen Sie?‹ ›Gut!‹ ›Kaufen wir mit zehn oder zwanzig Prozent Provision für eine Million Papiere des Hauses Nucingen; wir werden an dieser Million ein schönes Agio gewinnen, denn wir sind dann gleichzeitig Gläubiger und Schuldner; das wird eine gute Verwirrung geben! Aber wir müssen schlau vorgehen, die Aktienbesitzer könnten glauben, wir handelten im Interesse Nucingens.‹ Werbrust begriff nun den Streich, der zu spielen war, und drückte du Tillet die Hand mit dem Blick einer Frau, die einer andern einen Schabernack spielt. ›Wissen Sie schon das Neueste?‹ Mit dieser Frage trat Martin Falleix an sie heran. ›Das Haus Nucingen stellt seine Zahlungen ein!‹ ›Pah!‹ erwiderte Werbrust; ›das müssen Sie nicht herumerzählen, lassen Sie die Leute, die seine Papiere haben, nur weitermachen!‹ ›Kennen Sie die Ursache des Zusammenbruchs?‹ fragte Claparon dazwischentretend. ›Du weißt ja gar nichts,‹ sagte du Tillet zu ihm, ›es gibt nicht den geringsten Zusammenbruch, vielmehr eine glatte Zahlung auf Heller und Pfennig. Nucingen wird von vorne beginnen und bei mir so viele Gelder finden, als er bedarf. Ich kenne die Ursache der Zahlungseinstellung: er hat seine ganzen Barmittel zugunsten Mexikos verwendet, das ihm Metall zurückschickt, spanische Kanonen, die so schlecht gegossen sind, daß sich in der Masse Gold vorfindet, Uhren, Kirchensilber, alle die Trümmer, welche die spanische Zerstörungswut in Westindien geschaffen hat. Die Rücksendung dieser

Wertsachen verzögert sich. Der liebe Baron ist in Verlegenheit, das ist alles.‹ ›Es ist wahr,‹ sagte Werbrust, ›ich nehme seine Papiere mit zwanzig Prozent Diskont.‹ Die Neuigkeit verbreitete sich nun schnell wie ein Feuer im Strohschuppen. Es verlauteten die widersprechendsten Dinge. Aber man hatte infolge der zwei vorangegangenen Liquidationen ein solches Vertrauen zum Hause Nucingen, daß jedermann die Papiere Nucingen behielt. ›Palma muß uns in die Hand spielen,‹ sagte Werbrust. Palma war für die Firma Keller, die mit Nucingen-Papieren vollgepfropft war, eine Autorität. Ein Wort des Alarms von ihm genügte. Werbrust erreichte von Palma die Zusage, daß er die Sache an die große Glocke bringen wolle. Am andern Morgen tobte an der Börse der Alarm. Die Keller gaben, dem Rate Palmas folgend, ihre Papiere mit zehn Prozent Nachlaß ab, und ihnen folgte die ganze Börse, denn man kannte sie als sehr pfiffig. Taillefer gab daraufhin dreihunderttausend Franken zu zwanzig Prozent, Martin Falleix zweihunderttausend zu fünfzehn Prozent. Gigonnet erriet den Streich! Er schürte das Feuer, um sich mit Nucingen-Papieren zu versehen und zwei oder drei Prozent beim Wiederverkauf an Werbrust zu gewinnen. Er erblickte in einem Winkel der Börse den armen Matifat, der bei Nucingen dreihunderttausend Franken hatte. Der zitternde Drogist sah nicht ohne Erbleichen den schrecklichen Gigonnet, den Bankier aus seinem früheren Stadtviertel, auf sich zukommen: ›Es geht schlecht, die Krise zeigt sich an. Nucingen ist bedenklich! Aber das braucht Sie ja nicht zu kümmern, Vater Matifat, Sie haben ja mit dergleichen nichts mehr zu tun.‹ ›Da täuschen Sie sich, Gigonnet, ich bin mit dreihunderttausend Franken belastet, mit denen ich auf spanische Renten rechnete.‹ ›Sie sind gerettet; spanische Renten hätten Ihnen alles vernichtet, während ich Ihnen für Ihre Nucingen-Papiere so etwa fünfzig Prozent geben werde.‹ ›Lieber möchte ich die Liquidation sehen,‹ erwiderte Matifat. ›Hat jemals ein Bankier nur fünfzig vom Hundert gegeben! Ja, wenn es sich nur um zehn Prozent Verlust handelte,‹ sagte der frühere Drogist. ›Nun, geben Sie sie zu fünfzehn?‹ fragte Gigonnet. ›Sie scheinen es sehr dringend zu haben!‹ sagte Matifat. ›Guten Abend,‹ sagte Gigonnet. ›Wollen Sie sie zu zwölf?‹ ›Gut,‹ sagte Gigonnet. Zwei Millionen wurden am selben Abend von du Tillet zurückgekauft und von ihm bei Nucingen ausgeglichen, auf Rechnung der drei vom Zufall gewonnenen Verbündeten, die am andern Tage ihr Agio einzogen. – Die alte hübsche kleine Baronin d'Aldrigger saß mit ihren zwei Töchtern und Godefroid beim Frühstück, als Rastignac kam und die Unterhaltung auf die finanzielle Krise lenkte. Der Baron Nucingen habe eine große Zuneigung zur Familie d'Aldrigger, er habe dafür Sorge getragen, im Fall eines Unglücks das Konto der Baronin mit seinen besten Wertpapieren zu decken, mit Aktien der Bleigruben; zu ihrer eigenen Sicherheit aber müsse die Baronin ihn ersuchen, ihr Vermögen derart anzulegen. ›Der arme Nucingen,‹ sagte die Baronin, ›und was passiert ihm nun?‹ ›Er ist in Belgien; seine Frau verlangt die Gütertrennung; aber er ist fort, um bei einigen Bankhäusern Hilfe zu suchen.‹ ›Mein Gott, das erinnert mich an meinen armen Mann! Lieber Herr Rastignac, wie weh muß Ihnen das tun, der Sie dem Hause so eng verbunden sind.‹ ›Vorausgesetzt, daß alle Mißhelligkeiten beigelegt werden, werden seine Freunde später ihren Lohn bekommen; er ist ein geschickter Mann, er wird sich schon herausziehen.‹ ›Ein Ehrenmann vor allem!‹ sagte die Baronin.

»Nach einem Monat war die Liquidation der Passiva des Hauses Nucingen vollendet, ohne andere Maßnahmen als der Briefe, mit denen ein jeder die Anlage seines Kapitals in angegebenen Wertpapieren verlangte, und ohne jede andere Formalität von seiten der Bankhäuser als den Umtausch der Nucingen-Papiere gegen Bleiaktien, die im Kurs stiegen. Während du Tillet, Werbrust, Claparon, Gigonnet und noch ein paar Schlauberger aus dem Auslande gegen ein Prozent Agio die Papiere Nucingen zurücknahmen (sie gewannen noch dabei!), indem sie sie gegen die hoch im Kurs stehenden Aktien austauschten, war der Aufruhr an der Pariser Börse um so größer, als niemand mehr etwas zu fürchten hatte. Man schwatzte über Nucingen, man belauerte, verurteilte, verleumdete ihn! Sein Luxus, seine vielen Unternehmungen! Wenn ein Mann so vieles will, kommt er unter die Räder! usw. Als der Lärm am stärksten war, erstaunten manche Leute nicht wenig, Briefe aus Genf, Basel, Mailand, Neapel, Genua, Marseille und London zu erhalten, in denen ihre Korrespondenten nicht ohne Verwunderung mitteilten, daß man ihnen für Nucingen-Papiere, deren Sturz ihre Pariser Firma ihnen gemeldet, ein Prozent Agio biete. ›Es geht etwas vor!‹ sagten die Börsenspekulanten. Das Gericht hatte zwischen Nucingen und seiner Gattin die Gütertrennung verfügt. Die Sachlage verwirrte sich noch viel mehr: die Zeitungen verkündeten die

Rückkehr des Herrn Barons von Nucingen, der in Belgien gewesen war, um sich dort mit einem bekannten Großindustriellen betreffs der Ausbeutung alter Steinkohlenlager in den Wäldern von Bossut, die lange Zeit brachgelegen, ins Einvernehmen zu setzen. Der Baron erschien wieder an der Börse, und ohne sich auch nur die Mühe zu nehmen, die Verleumdungen, die über sein Haus in Umlauf gewesen, zu widerlegen – er hielt einen Widerruf in der Zeitung für unter seiner Würde –, kaufte er für zwei Millionen einen herrlichen Grundbesitz vor den Toren von Paris. Sechs Wochen später verkündeten die Zeitungen von Bordeaux das Einlaufen zweier für das Haus Nucingen bestimmter Dampfer mit einer Metalladung im Werte von sieben Millionen. Palma, Werbrust und du Tillet begriffen, daß der Streich glücklich zu Ende geführt war, aber sie waren die einzigen, die das begriffen. Sie erkannten die großartige Inszenierung dieses Finanzcoups, erkannten, daß er seit elf Monaten vorbereitet gewesen, und feierten Nucingen als den größten Finanzmann Europas. Rastignac begriff nichts davon, aber er hatte vierhunderttausend Franken gewonnen, die Nucingen durch Rastignac den Pariser Schafen abscheren ließ und mit denen dieser die Mitgift seiner beiden Schwestern bestritt. D'Aiglemont, von seinem Vetter Beaudenord aufmerksam gemacht, hatte Rastignac angefleht, ihm gegen zehn Prozent seiner Million dazu zu verhelfen, daß diese Million in Kanalaktien angelegt werde; dieser Kanal ist noch heute zu bauen, denn Nucingen hat die Führung in dieser Angelegenheit so glänzend betrieben, daß die Konzessionäre des Kanals ein Interesse daran haben, ihn nicht zu beenden. Charles Grandet beschwor den Geliebten Delphines, daß er ihm sein Geld gegen Aktien eintausche. Kurz, Rastignac hat zehn Tage lang die Rolle Laws gespielt, den die hübschesten Herzoginnen um Aktien bestürmten, und heute kann der Bursche vierzigtausend Livres Rente haben, deren Stamm aus den Bleigrubenaktien entstand.«

»Wenn alle Welt gewinnt, wer verliert denn da eigentlich?« fragte Finot.

»Schluß der Geschichte!« fuhr Bixiou fort. »Angelockt von der Pseudodividende, die sie sich einige Monate nach dem Umtausch ihrer Bargelder in Aktien auszahlen ließen, behielten der Marquis d'Aiglemont und Beaudenord – ich nenne euch als Beispiel nur diese beiden – ihre Papiere; sie hatten drei Prozent mehr, als ihr

Kapital betragen hatte, und sangen Nucingens Lob, ja verteidigten ihn sogar, als man ihn der Zahlungseinstellung verdächtigte. Godefroid heiratete seine liebe Isaure und erhielt für hunderttausend Franken Minenaktien. Bei Gelegenheit der Trauung gaben die Nucingen einen Ball, dessen Pracht alle Erwartungen überstieg. Delphine überreichte der jungen Braut einen kostbaren Rubinschmuck. Isaure tanzte nicht mehr als junges Mädchen, sondern als glückliches Weib. Die kleine Baronin war mehr als je Sennerin. Malvina erhielt inmitten der Ballfreuden von du Tillet den trockenen Rat, Frau Desroches zu werden. Desroches, angetrieben von Nucingen und Rastignac, versuchte, das Geschäft in Gang zu bringen. Als er aber hörte, daß die Mitgift in Bleigrubenaktien bestände, brach er die Beziehungen ab und wandte sich wieder den Matifat zu. In der Rue du Cherche-Midi fand der Advokat die verdammten Kanalaktien, die Gigonnet dem Matifat an Stelle von Bargeld aufgehängt hatte. Da seht ihr, wie Desroches auf den beiden Wiesen, die er zu mähen gedacht hatte, der Sense Nucingens begegnete! Die Ereignisse ließen nicht auf sich warten. Die Gesellschaft Claparon ließ sich in zu viele Geschäfte ein, es ging ihr an den Kragen; sie bot keine Zinsen und keine Dividende mehr, trotzdem ihre Unternehmungen glänzend waren. Dies Unglück traf mit den Ereignissen von 1827 zusammen. 1829 war Claparon zu bekannt, um noch weiterhin der Strohmann der beiden Kolosse sein zu können, und er fiel von seinem hohen Sockel zu Boden. Von zwölfhundertfünfzig Franken sanken die Aktien auf vierhundert, obgleich ihr eigentlicher Wert sechshundert Franken betrug. Nucingen, der ihren wahren Wert kannte, kaufte zurück. Die kleine Baronin d'Aldrigger hatte ihre Grubenaktien, die nichts einbrachten, verkauft, und Godefroid verkaufte diejenigen seiner Frau aus demselben Grunde. Gleich der Baronin hatte Godefroid seine Grubenaktien gegen die Aktien der Gesellschaft Claparon vertauscht. Ihre Schulden zwangen sie, bei tiefster Baisse zu verkaufen. Von dem, was ihnen siebenhunderttausend Franken bedeutete, erhielten sie zweihundertdreißigtausend Franken. Sie wuschen ihre Wäsche rein, und der Rest wurde kläglich in dreiprozentigen Papieren angelegt. Godefroid, der einst glückliche Junggeselle, der so sorglos dahingelebt hatte, sah sich nun mit einer jungen Frau belastet, die so dumm war wie eine Gans, und überdies mit einer Schwiegermutter, die von Toiletten träumte. Die beiden Familien haben sich zusammengetan, um überhaupt existieren zu können. Godefroid war genötigt, alle seine inzwischen aufgegebenen vorteilhaften Konnexionen wieder aufzufrischen, um eine Tausendtalerstelle im Finanzministerium zu erhalten. Die Freunde? ... futsch! Die Verwandten? ... versichern erstaunt: ›Wie, mein Lieber? Natürlich dürfen Sie auf mich rechnen! Armer Kerl!‹ Eine Viertelstunde später ist alles vergessen. Beaudenord verdankte seine Anstellung Nucingen und Vandenesse. Die ganze so ehrenhafte und so unglückliche Familie wohnt heute Rue du Mont-Tabor im vierten Stock. Die arme Malvina besitzt nichts, sie gibt Klavierstunden, um ihrem Schwager nicht zur Last zu fallen. Schwarz, groß, dürr und welk, gleicht sie einer wiedererwachten Mumie, die hilflos durch Paris irrt. Im Jahre 1830 verlor Beaudenord seine Stellung, und seine Frau schenkte ihm ein viertes Kind. Acht Familienmitglieder und zwei Dienstboten (Wirth und seine Frau)! Geld: Achttausend Livres Rente. Die Gruben geben heute so beträchtliche Dividenden, daß die Aktie zu tausend Franken tausend Franken Rente bringt. Rastignac und Frau von Nucingen haben die von Godefroid und der Baronin verkauften Aktien erworben. Nucingen wurde von der Julirevolution zum Pair von Frankreich und Großoffizier der Ehrenlegion ernannt. Obgleich er nach 1830 nicht liquidiert hat, besitzt er, wie man sagt, ein Vermögen von sechzehn bis achtzehn Millionen. Da er die Juliereignisse vorausgesehen, hatte er alle seine Werte verkauft und wiedergekauft, als die drei Prozent auf fünfundvierzig standen; er brachte denen im Schloß den Glauben bei, es geschehe aus Ergebenheit, und nahm währenddessen dem großen Hansnarren Philipp Brideau drei Millionen ab! Unlängst gewahrte unser Baron, als er die Rue de Rivoli hinunterschritt, um sich ins Bois de Boulogne zu begeben, unter den Arkaden die Baronin d'Aldrigger. Die kleine Alte trug ein rosenverziertes Häubchen, ein geblümtes Kleid, eine Mantille, kurz, sie war mehr als je die kokette Sennerin, denn sie konnte die Ursachen ihres Elends ebensowenig begreifen wie ehedem die Ursachen ihrer Wohlhabenheit. Sie lehnte sich auf die arme Malvina, die – ein Muster heldenmütiger Entsagung – die alte Mutter zu sein schien, während die Baronin das junge Mädchen spielte; und Wirth folgte ihnen mit dem Regenschirm. ›Ta sehen Se Laite,‹ sagte der Baron zu Herrn Cointet, einem Minister, mit dem er den Spaziergang machte, ›denen es mir nicht keklickt ist ain Vermegen ßu peschaffen. Der Zwischenfall ist tja wohl wieder peikelegt, keben Se doch dem armen

Beaudenord wieder aine Anstellung.‹ Beaudenord wurde dank Nucingens Fürsprache wieder im Ministerium angestellt; und die d'Aldrigger preisen den treuen Freund, der noch heute die kleine Sennerin und ihre Töchter auf seine Bälle lädt. Keinem auf der ganzen Welt ist es möglich, darzutun, wie dieser Mann dreimal und ohne jede Gewaltsamkeit die wider seinen Willen durch ihn reich gewordene Menge hat bestehlen wollen. Keiner kann ihm einen Vorwurf machen. Wer da sagen wollte, das höhere Bankwesen sei oftmals eine Gurgelabschneiderei, beginge die empörendste Verleumdung. Wenn die Effekten steigen und fallen, wenn die Wertpapiere steigen und stürzen, so ist diese Ebbe und Flut eine Folge atmosphärischer Einflüsse, die mit dem Mond in Beziehung stehen, und selbst der große Arago[7] könnte über dieses bedeutsame Phänomen keine wissenschaftliche Theorie aufstellen. Lediglich eine finanzielle Lehre folgt aus dem Ganzen, eine Lehre, die ich noch nirgends aufgeschrieben fand ...« »Welche?« »Der Schuldner ist stärker als der Gläubiger.« »Oh,« sagte Blondet, »ich erblicke in dem Gesagten eine Paraphrase über einen Ausspruch Montesquieus, in dem er den ›Geist der Gesetze‹ zusammengefaßt hat.« »Welchen?« fragte Finot. »Die Gesetze sind Spinnennetze, aus denen die großen Fliegen sich herausarbeiten, in denen die kleinen aber hängen bleiben.« »Wo möchtest du denn hingelangen?« fragte Finot Blondet. »Zur absoluten Regierung, der einzigen, die der Vergewaltigung des Gesetzes durch den Geist Einhalt tun kann. Ja, die Willkür rettet das Volk, indem sie der Gerechtigkeit zu Hilfe kommt. Der König, der den betrügerischen Bankrotteur begnadigen kann, gibt dem gerupften Opfer nichts zurück. Die Gesetzmäßigkeit tötet die Gesellschaft von heute.« »Mach das mal den Wählern begreiflich!« sagte Bixiou. »Es gibt einen, der das übernommen hat.« »Wer?« »Die Zeit. Wie der Bischof von Leon gesagt hat: ›Wenn die Freiheit alt ist, so ist die Königswürde ewig‹; jedes Volk, das gesunden Geistes ist, wird unter dieser oder jener Form darauf zurückkommen.«

»Horch, es waren Leute nebenan,« sagte Finot, der uns hinausgehen hörte. »Es sind immer Leute nebenan!« erwiderte Bixiou, der wohl betrunken war.

---

[7] Berühmter Physiker, 1786-1853.

Über tredition

Eigenes Buch veröffentlichen

tredition wurde 2006 in Hamburg gegründet und hat seither mehrere tausend Buchtitel veröffentlicht. Autoren veröffentlichen in wenigen leichten Schritten gedruckte Bücher, e-Books und audio-Books. tredition hat das Ziel, die beste und fairste Veröffentlichungsmöglichkeit für Autoren zu bieten.

tredition wurde mit der Erkenntnis gegründet, dass nur etwa jedes 200. bei Verlagen eingereichte Manuskript veröffentlicht wird. Dabei hat jedes Buch seinen Markt, also seine Leser. tredition sorgt dafür, dass für jedes Buch die Leserschaft auch erreicht wird.

Im einzigartigen Literatur-Netzwerk von tredition bieten zahlreiche Literatur-Partner (das sind Lektoren, Übersetzer, Hörbuchsprecher und Illustratoren) ihre Dienstleistung an, um Manuskripte zu verbessern oder die Vielfalt zu erhöhen. Autoren vereinbaren direkt mit den Literatur-Partnern die Konditionen ihrer Zusammenarbeit und partizipieren gemeinsam am Erfolg des Buches.

Das gesamte Verlagsprogramm von tredition ist bei allen stationären Buchhandlungen und Online-Buchhändlern wie z. B. Amazon erhältlich. e-Books stehen bei den führenden Online-Portalen (z. B. iBookstore von Apple oder Kindle von Amazon) zum Verkauf.

Einfach leicht ein Buch veröffentlichen: **www.tredition.de**

Eigene Buchreihe oder eigenen Verlag gründen

Seit 2009 bietet tredition sein Verlagskonzept auch als sogenanntes "White-Label" an. Das bedeutet, dass andere Unternehmen, Institutionen und Personen risikofrei und unkompliziert selbst zum Herausgeber von Büchern und Buchreihen unter eigener Marke werden können. tredition übernimmt dabei das komplette Herstellungs- und Distributionsrisiko.

Zahlreiche Zeitschriften-, Zeitungs- und Buchverlage, Universitäten, Forschungseinrichtungen u.v.m. nutzen diese Dienstleistung von tredition, um unter eigener Marke ohne Risiko Bücher zu verlegen.

Alle Informationen im Internet: **www.tredition.de/fuer-verlage**

tredition wurde mit mehreren Innovationspreisen ausgezeichnet, u. a. mit dem Webfuture Award und dem Innovationspreis der Buch Digitale.

tredition ist Mitglied im Börsenverein des Deutschen Buchhandels.

Dieses Werk elektronisch lesen

Dieses Werk ist Teil der Gutenberg-DE Edition DVD. Diese enthält das komplette Archiv des Projekt Gutenberg-DE. Die DVD ist im Internet erhältlich auf **http://gutenbergshop.abc.de**

Zeitfracht Medien GmbH
Ferdinand-Jühlke-Straße 7
99095 Erfurt, Deutschland
produktsicherheit@kolibri360.de